文春学藝ライブラリー

妻と私・幼年時代

江藤 淳

文藝春秋

目次

妻と私・幼年時代

妻と私

一

五月二十二日の、午後六時半頃であった。平成十年のことである。大学から戻って、角の旧里見弴邸の前でタクシーを降りた私は、左の谷戸《やと》に通じる径を二、三歩行きかけて、眼の前に現われたわが家のたたずまいに、いつもとは違う異様なものを感じないわけにはいかなかった。

家にはまず、電燈が一つもついていなかった。車もなかったので、家内が留守であることはすぐわかった。家内がたまたまこの時間に不在であったところで、そのこと自体にはどうということもない。ただその場合には、門燈がついているとか、玄関に明かりがともっているというような、家が活きていることを示す証しがかならず認められるはずだ。だが、この家は何故か死んでいた。

私は門を開け、玄関の鍵を開けると、すぐさま門燈をつけ、玄関にも居間にも点燈して歩いた。暗い中から走り出て来たコッカー・スパニエルのメイに、声を掛けてやる気持の余裕はなかった。そうして書斎にはいり、明かりをつけて鞄を置いた瞬間に、机の上の電話が鳴った。

家内からかと思って受話器を取り上げてみたところ、聴き覚えのない中年の男の声が流れて来た。

「江藤さんだね、御主人さんかね……」

「はい、そうですが」

「……実はお宅の奥さんが、事故を起したんだよね。……」

こういう場合には、慌ててはいけないという、三十六年前にアメリカで運転免許を取って以来の基本原則を思い出しながら、私は、

「はあ」

と、不得要領な声を出した。

家内は私とは違って、日頃自動車の運転が水際立ってうまい。私が死んで未

亡人になったら、二種免許を取ってタクシーの運転手でもやろうかしらと冗談をいうほどの腕前だから、まさか人身事故を起しているはずがないとは思うものの、この場合そう楽観ばかりもしていられない事情が伏在していた。

ここは何が起っていても、家内を守り抜かねばならない。なにしろ家内は、三日後にはまた入院しなければならない身体だからだ。

「……いえね、そう大した事故じゃねえんだけどね。うちの軽トラックが奥さんにぶつけられて、ドアがへっこんじまったんだよ」

聞けばこの人は水道工事を業とする人で、藤沢の在に住んでいるらしい。問題の軽トラックは当時息子が運転して、午後五時少し前頃鎌倉駅の西口、紀ノ国屋スーパーマーケット近くの路上で信号待ちしていたところ、横町から出て来た家内の乗用車に当てられて損傷したのだという。幸いスピードを出していなかったので怪我がなかったのはなによりだった。……

事故の内容が大したことのないことを知った私は、にわかに多弁になった。知らぬこととはいえ、それは大変御迷惑をお掛けした。今日は金曜日で、しかも日暮れ方なのでどうしようもないが、来週月曜日にはかならず保険会社の代理店がお宅にうかがって、お気に済むように損害賠償の手続きに当るよう取計らいたい。

実は家内は少々体調を崩して、来週からしばらく入院することになっている。運転は決して下手ではないのだけれども、事故を起してしまったのはことによると体調不良と関係があるかも知れない。弁解の余地があると思っていうのではないが、そういう事実があるということだけはお伝えして置く。

「そりゃあ、御心配だね、いったいどこが悪いんです?」

と、藤沢の水道屋さんは親切だった。

「ええ、まあそこを検査してもらって……」

と言葉を濁して、受話器を置くとまた電話が鳴った。

そのときはじめて私は、和室の書斎にいながら、自分が机に腰掛けたままであることに気が付いた。今度こそ、家内の電話だった。

「遅くなって、ごめんなさい。美容院に行ったの。そうしたら帰りに事故を起しちゃって……」

「今、先方の親父さんという人から電話が掛って来たよ。月曜に保険会社のエイジェントに行ってもらうといって置いた」

「そうなの？　その場で話がついたのかと思っていたのに」

「とにかく気を付けて、帰っておいで。今どこにいるの？」

「紀ノ国屋。しばらく留守になるから、買い溜めをして置こうと思って」

事故を起したから買物を止めて帰って来るというのは、家内のスタイルではなかった。事故を起そうが起すまいが、買物をすると決めたら買物をし、美容院に行くと決めたら美容院に行く。それが彼女のスタイルだった。

四十一年を数えるにいたったこれまでの結婚生活のあいだに、そのことはよくわかっているので、私は買物を止めて帰って来いとはいわなかった。だが、平静を装って受話器を置きながら、私は実は自分がひどく動揺しているのを自覚していた。

事故の処理が、面倒だからというのではない。ついにその時が来た、だから事故が起きてしまったのだと思うと、両膝が萎《な》えてしまうような無力感に襲われる。恐らく呼吸困難だけではなく、機能麻痺が右足に及びはじめているに違いない。そのための数秒、あるいはそれ以下の身体的な反応の遅れが、軽トラックの側面に衝突するという事故につながったのだ。

十日前、いや九日前の、五月十三日の結婚記念日のときは、まだ大丈夫だった。その日の晩、私たちは、家内の運転するアヴァロンで七里ヶ浜の鎌倉プリンスホテルに食事に行ったが、いつもながらその運転には何の危な気もなかった。ホテルの食事もまずまずというところで、

「これなら東京のお客さまを連れて来られるわね」

と、家内は近来になく上機嫌だった。

ロビーで売っていた薄いジョーゼットのような生地のサマー・コートが気に入って、帰りぎわにそれを包ませているのを待つあいだに、そういえば今日は三島由紀夫賞の選考委員会だったなという想いが、頭の片隅をかすめて過ぎた。

早春の頃、あれは二月の末日だったか、私は三島賞の選考委員を辞めていた。

もとより新人の新文学を選考するという仕事に倦《う》んだからだが、この年に限って五月十三日は、どうしても家内と過したいという気持が作用していたことも否定できない。

「どうしても」といっても、ひょっとすると家内の余命は結婚記念日を迎えられないかも知れないという医者の説もあった。それも二月のことだったから、私は二月末に三島賞の辞意を表明したのだったろうか？　だが、現実には、五月十三日は無事に過ぎた。私たちは、ほとんど幸福といってもよいほどだったのだ。

それより六日前、五月七日の木曜日に、「週刊朝日」の『夫婦の階段』という続き物の企画のために取材を受けたのは、あれはどういう偶然だったのだろうか？　インタビューをしてくれたのも中年の女性なら、写真を撮ってくれたのも若い女性で、どちらも「週刊朝日」の記者ではなさそうだった。「いつの誌面に載るのですか」と訊くと、六月になってからだという。そのときの家内の状態はどうなっているだろう。しかし、もちろんこの日取材に来た人々は、彼女が深く病んでいるなどとは少しも気付いていなかった。

結局事故の処理は保険の代理店に任せて、予定通り家内は五月二十五日の月曜日から、東神奈川の済生会神奈川県病院に入院した。差当り彼女が受けるのは、機能麻痺ではなくて呼吸器の不調に対する治療ということになっていた。

この日の午後遅く、家内が病室に落着いたのを見届けると、私は六本木の国際文化会館に向った。イエール大学のエドウィン・マクレラン教授夫妻と夕食の約束があったためである。

「慶子さんは？」

と、ロビーの一隅で待っていたエドが訊いた。

「連れて来ようと思っていたけれど、ちょっと検査のために入院することになったので」

私はつとめてさりげなく答えた。前の年の秋、マクレラン夫妻が鎌倉の私どもの住居に食事に来たとき、心臓の発作で一時重態に陥った夫人のレイチェルを、とっさの機転で緊急入院させ、彼女の生命を救ったのは慶子であった。

そのレイチェルがすっかり元気になって、ステッキはついているものの微笑を浮べながらエドと一緒に立っているのに、慶子は入院し、これからいつまで生きていられるのかわからない。そして、そのことを私は、エドにもレイチェルにも、いや誰にも打明けられずにいる。その晩私は、自分がそういう立場に置かれていることを、少しも悟られぬようにして過していた。

二

そのとき私は、「文藝春秋」に依頼されていた『南洲随想』というエッセイの、第二章を四行ほど書いたところだった。二月十六日の、日暮れ方である。

家内はこの日、午前中から済生会病院に出掛けていた。いつもならもうとうに帰って来ている時間なのにと、少々不審に思いはじめていると電話が鳴った。

「これから帰るところ。CTなんか撮らされたので、思わぬ時間がかかっちゃって。私も脳内出血なんですってよ。軽いのらしいけれど」

「脳内出血？　それは意外だな。詳しい話はあとで聴くけれど」

家内が「私も」といったのは、当時私自身が循環器系の障害に罹《かか》っていたためである。前の年一年間、公正取引委員会の会議に出席して、書籍と雑誌の再販制度維持のために毎回激論していたのが、決定的に身体を損っていた。年の暮には年賀状を書く気力もなくなって、正月早々専門の病院に入院して検査を受けるほどに弱っていたのである。

それにしても、そういう私ではない家内の方が「脳内出血」というのは、いかにも唐突でいやな予感がした。もう原稿を書くどころではなかった。

家内が身体の不調を訴え出したのは、暮も押し詰った頃のことだった。それをこれまで放置しておいたのは、私が産経新聞社の「正論大賞」という賞を受賞してしまったからにほかならない。その贈呈式とパーティが二月九日（月）と決っていて、家内も私と一緒に出席を求められていたのである。

彼女の誕生日だったから、あれは平成九年の十二月二十日のことである。頸《くび》のところで幾重にも巻けるような真珠のネックレスがほしいというので、御木本真珠店に行ってみたところ、デザインが野暮なものばかりで、ろくな品物がなかった。

「もう止めにしようかしら」

というのを押しとどめて、

「とにかくもう一軒、和光に行ってみようよ」

と、和光に寄ってみると、彼女の気に入った適当な品があった。

考えてみれば、六十四回目の誕生日を迎えるこの日まで、慶子は、若い頃購《もと》めたままの質素な真珠の首飾りしか持っていなかったのだった。その事実に一瞬胸のうずきのようなものを感じたけれども、彼女の満足そうな横顔を見ているうちに、そのうずきも消えて行った。

その晩の食事は、松本楼で取ることにしてあった。日比谷公園の松本楼が、海軍省と縁の深い西洋料理屋だったことは家内も知っていて、テイク・アウトのカレーライスを買って来たことがある。

「九十歳の老提督のために、お嫁さんが買いに来たと、先方ではきっと思っていたわよ」

と、そのとき家内はいたずらっぽい顔でいったものだった。

松本楼のフランス料理は、少々古風だが悪くなかった、と、少くとも私はそう思っていた。タクシーを拾って、新橋の駅に向い、横須賀線のグリーン車に落着くと、家内がいった。

「オードーブルのシュリンプがいけなかったのかしら。なんだか右の頰がしびれているみたい」

はじめてアメリカに留学したとき、プリンストンに向う途中、ロサンゼルスで家内の顎《あご》が突然はずれたことがある。そのように家内には、予想もできない不思議なことがときどき起った。したがって、私は、そのときはさして気にも留めずに、

「ぼくは何ともなかった。どうしたんだろうね、歯医者にでも行ってみるか」

と応じただけだった。それがすべてのはじまりであったとは、少しも意識することなしに。

こうして暮の内に異変が起っていたのに、済生会病院への通院が二月十六日になったのは、二月九日の「正論大賞」のためでもあったが、診てもらいに行った耳鼻科の医院で勧められたからでもあった。その耳鼻科の医者は、自分で

は敢えて診察しようとせずに、

「ここにはCTもないから、どこか大きな病院に行かれたらどうですか」

といったらしい。そのときまでに家内は、歯医者に行ってレントゲンを撮ってもらっていたが、歯には悪いところはどこも発見されなかった。

午後六時過ぎに帰宅すると、家内は、

「あなたの脳のMRIを済生会の診断部で検討したいから、コピーがほしいといっていたわ」

と、いきなりいった。まるで病人は私で、自分ではないような口振りであった。

「君の脳内出血のほうは、どうなっているの？」

「それについてはSちゃんに直接訊いてちょうだい。今、院長室に直通電話を掛けるから。……ああ、Sちゃん、さきほどは恐れ入りました。主人と替りますからね」

家内が「Sちゃん」と気易く呼んでいるのは、済生会病院のY院長のことである。二人は院長が慶應高校、家内が慶應女子高の生徒の頃からの知合いで、院長のグループと家内たちのグループが、一緒にスキーに行ったり山に登ったりしているうちに、「Yさん」がいつの間にか「Sちゃん」になってしまったらしい。

秀才の「Sちゃん」は医学部に進んで外科医となり、家内は文学部で外部進学者の私と出逢って結婚したが、もう二十年以上前から夫婦揃ってY先生の患者になっている。私たちが一番親しくしている大病院といったら、「Sちゃん」が院長で、しかも横浜に在る済生会神奈川県病院以外にはないのである。

「今日は慶子が御厄介になりまして。脳内出血だというので、実は少し驚いているんですが……」

「いや、それなんですが……」

と、Y院長は、今までに例のない暗い声でいった。

「……どうも極めて厳しい状況なので。奥さんはそこにおられますか？　これからの受け答えには気を付けて、イエスかノウかで答えて下さい」

「はい」

と、私は答えた。

「御当人には脳内出血といってありますけれども、実は腫瘍の疑いがあります。それも脳だけではなくて、肺にも問題があります。明後日、二月十八日から検査のために入院していただくことになっていますから」

「そうですか。わかりました」

「詳しい話は、御当人のいないところでなければできませんので、あとでお電話を下さい」

「できるかどうかわかりませんが、とにかくそうします」

と、私はいった。

「それじゃあ、その折りに……」

Y院長は、先方から電話を切った。

「Sちゃん、何ていってた?」

家内が、極めて日常的に訊いた。

「うん？　詳しく調べたいから十八日から検査入院をしてもらうっていっていた」

　私も、つとめて事務的にいった。

「そう。検査、検査って、この頃の病院は検査ばかりしているのね。検査なんかどうでもいいから、とにかく治してくれればいいのに」

「まあ、ぼくも七年前に腰を痛めたときには、随分検査をされたからね。最近の医学の手続きだから、仕方がないよ」

「できるかどうかわからないけれど、やってみますっていっていたのは何の話？　あなたのＭＲＩのコピーのこと？」

　一瞬虚を衝《つ》かれて、ギクリとしたが、私は体勢を立て直して応じた。

「うん。コピーがもらえるかどうか、心臓血管研究所のＦ先生には、もう一度連絡して置かなければね」

　ちょっとそこまでと、家内が犬を散歩に連れて出たのを確認して、私は書斎からＹ院長に電話した。

「奥さんの御病気は、転移性の腫瘍です。それもかなり末期《ターミナル》な状態になっています。明後日には、御主人もいらっしゃいますね。そのとき詳しくCTやMRIの画像で御説明いたしますが、御本人にそのことを告知するかどうか、その点をよくお考えになって置いて下さい」

受話器を置いて、魂を抜かれたように茫然と空《くう》を見詰めている私のところへ、散歩から帰って来た犬が元気よく走り込んで来た。

「さあ、メイちゃん、御飯、御飯！」

という家内の明るい声が、台所のほうから聴えた。

三

その晩、寝床にはいっても、Ｙ院長のいった「告知」という言葉が頭のなかで鳴りつづけて、なかなか眠りに就くことができなかった。

鎌倉の、奥まった谷戸の入口に建っている家の二階の寝室なので、聴えるものといったら家内と犬の規則正しい寝息だけである。

この寝息の一つが遠からず停止するということを、そしてそれがほかならぬ家内その人の寝息だということを、夫である私が家内に告げるのを「告知」というのだろうか？　何故そんなことをしなければならないかといえば、医者が家内は「転移性の腫瘍」、つまり「末期癌」だと診断したからということになる。しかし、その医者は、当の本人には「脳内出血」だといっているのだ。そして、家族には本当の病名を告げて、家族からそれを患者に「告知」せよという。あからさまにそういうわけではないが、どうせ助からないのだから、観念して「告知」したほうが、結局お互いのためだというニュアンスは否定できない。

これは患者にとってはもちろん、家族にとっても残酷きわまる方法ではないか。しかも、「告知」の責任だけを負わされて、患者を救うことのできない家族にいたっては、あまりに惨めというほかないではないか。その反面医者はといえば、「告知」の責任は一切家族に任せて、万事お見通しの絶対者の立場に立つことができる。あなたの余命は何ヶ月しかありませんよ、まあ、せいぜい有意義にお過し下さい。……

いくら現代の流行であるにせよ、このからくりには容易に同調できない。現に家内は何も知らずに、あんなに安らかな寝息を立てて眠っているではないか。人の生きたいという意欲と希求とを、そう易々と奪い去ることができるだろうか。ましてや私は家内にとって、たった一人の家族であり、夫だというのに。

しかも、神でも仏でもない以上、どんな高度の専門医といえども、人の死期を正確に予知できるものだろうか。それは医者の能力というより、MRIやCTの画像の示す統計学的な確率に過ぎないのではないか。「告知」はしたくない、いや、私には到底「告知」などできるはずがない。

家内と犬の寝息を聴きながら、そこまで考えたとき、曲りなりにも決心が定まった。「告知」はしない。しかし、その責任はもちろん私自身が取らなければならない。それが何を意味するのか自分でもよくわからぬままに、私はいつの間にかまどろみはじめていた。

二月十八日の病状の説明は、当然のことながら二段階になっていた。まず家内と私が、CTの画像を見ながら、脳神経外科の専門医であるP博士から「脳内出血」についての説明を聴く。

……病変はこの通り、延髄のすぐ上の部分にある。延髄はいうまでもなく、呼吸中枢の在る器官だから、困ったことに外科的な処置を取ることができない。手術や放射線による治療が、呼吸中枢を冒し、生命そのものを奪いかねないからだ。

もっとも「脳内出血」だから、そのうちに吸収されてしまうということがあるかも知れない。頰のしびれを起しているのは、もちろんこの病変だが、呼吸器に影響を及ぼしている可能性があり、この際それも是非検査して置きたい。……

確かに延髄の上の部位に、病変と思われるはっきりした影があった。これが頰のしびれを起しているに違いない。しかし、この影がそのうちに吸収されてしまうということは、決してない。つまり、家内が治るということは、決してないのだ。

もとよりそんなことは一言もいわずに、私たちは家内の病室に向った。若い看護婦がやって来て、型通りの問診をしているうちに、質問が「家族」のところへ来た。

「御家族の構成は？」

「主人と私だけよ。ほかに犬がいるけれども」

「別居しているお子さんはいないんですか？」

「子供はいません」

と、家内が答えた。

「それじゃあ、入院中患者さんの着替を持って来るとか、そういうお世話は誰がなさるんですか?」

「それは私がやります。もちろん手伝ってくれる人たちはいますが、私が只一人だけの家族ですから」

と、私がいった。

「本当ですか?」とはいわなかったけれども、いかにも信じ難いという表情で、看護婦はチラリと私を顧みた。若くもなく、家事や看護の経験があるとも思われないこの男に、病人の世話などできるのだろうか、という顔だった。

そう思われても仕方がないと、私は自認せざるを得なかった。だが、誰が何と思おうとも、私がやらないとすればいったいほかの誰が家内の世話をするというのだろう?

「どうせ今回は検査入院だから、そういうことは心配しなくていいのよ」

と、家内が事も無げに一蹴したので、問診は次の質問に替った。

「院長室にSちゃんがいたら、ちょっと挨拶して、今日はそのまま帰るから」

と病室を出たのは、それからどのくらい経ってからだったろう。実は私は、院長室で本当の病状について説明を受ける約束をしていたのだ。

院長室には、さきほどのP博士と慶子の主治医になるH副院長（診療部長）、それにY院長が待ち受けていた。MRIとCTの画像、それにX線写真が、机の上に積み上げられていた。

「どの写真でお話しましょうかね……」

と、P医師が専門医らしくいった。

「これが一番わかり易いと思うのですが、このように肺に十一箇所、脳に七箇所、腫瘍であることを示す病変がはっきり認められます。恐らく原発は肺で、呼吸機能を伝わって脳に転移したものと思われます。今のところ一番顕著なのがさきほど奥様と御一緒に見ていただいた延髄の上の病変ですが、こちらを見ますと大脳にも二箇所ほど小さな病変があります。……」

「まあ、末期《ターミナル》というほかないな……」

Y院長が、呻《うめ》くようにいった。

「……ここまで来てしまうとね。P君、今後の見通しについては、どうですか？」

「早くて三ヶ月、遅く見て半年、というところでしょうか」

「三ヶ月、といえば、五月じゃありませんか」

と、私ははじめて言葉を発した。

「……五月十三日は、私どもの結婚記念日なんです。それまで保ちませんか？」

Y院長も、P医師も押し黙っていた。H主治医がいった。

「もう少し早く発見していれば、この延髄の上の病変をガンマ・メスを使って取り除くという方法も考えられたのですが、何分ここまで来てしまうと時期が遅すぎます」

「逆にいえば、部位が呼吸中枢のすぐ上なので、サドン・デスの可能性も考えられます」

と、P医師が口を挟んだ。

突然の死《サドン・デス》……救急車で運ばれて行く道すがら、絶命する家内の姿が脳裡に浮んだ。

「早くて五月、遅くても八月か……」

私は誰にいうともなく、つぶやいた。

「告知は、どうされますか?」

と、Y院長が質《ただ》した。

「告知は、いたしません」

私は言下に答えた。その瞬間に、重苦しい沈黙が医師たちのあいだに流れた。

「……私には到底できませんので、告知はしないことにいたします。一万分の一でも治癒の可能性があれば、告知する意味もあるでしょうが、ガンマ・メスも使えない、すべて手遅れということになると、告知はそのまま死の宣告になります。それは家族として、……夫として、私にはできません」

Y院長が、かすかに肯いた。

「……それにつけて、身勝手かも知れませんが、お願いがあります」

と、私はいった。

「治癒の方法がないとすると、これからやっていただくことはすべて対症療法ということになるでしょうが、どうか患者にはできるだけ苦しみの少いように臨終を迎えさせて下さい。これについては何年も前から、夫婦のあいだで何度話し合い、確認し合って来たかわかりません。不必要な苦痛を味わわずに、静かに眠るがごとく逝きたい。慶子になるか私になるか、先に病人を看取る役割を果すことになった者が、お医者さまにお願いして、そうしていただこうという約束でした。その約束を果させて下さい」

「お気持は、よくわかりました。つとめて御意向に添うようにしましょう」

と、Y院長がいった。いずれも表情を動かさずに、H主治医とP医師も肯いた。

私は深々と一礼して、院長室を出た。

四

二月の検査入院は、十八日にはじまって二十三日に終った。それから五月中旬までは、頬のしびれ以外にこれという自覚症状が出なかったことについては、既に記した。

五月二十日前後になると、それに呼吸の変調が加わった。要するに、息が苦しくなるのである。「脳内出血」に見合う「間質性肺炎」という病名が、この症状に与えられた。

これについては、ステロイド剤が効果的な場合がある。それをしばらく試してみましょうと、H主治医がいった。この判断はまさに正鵠を射ていて、ステロイド剤は卓効を示しはじめ、ほどなく呼吸困難は収まって、六月十日には退院することができた。

しかし、五月二十五日から六月十日までの入院中に、肺ではなくて、やはり脳の病変のどれかが動き出しているのかも知れないと推測される事件が起った。就眠中に、無意識で払い除けてしまったらしく、お茶のはいっていた急須が粉々に砕けてしまったのである。

「全然気が付いていなかったものだから、びっくりしたわ」

と、家内はいつもあまり見せたことのない当惑した表情を浮べた。彼女の意識のとらえることができない何事かが、身体の内部で進行しているに違いなかった。

「割れて惜しいような急須でもなかったから、気にすることはないよ。新しいのを見付けて来よう」

私は、慰めるつもりでそういった。そして実際、大学の帰りに巣鴨の地蔵通り商店街に急須を探しに行った。

商店街という所で、私はもう何年も買物をしたことがない。まして巣鴨の地蔵通り商店街は、名にし負う「高齢者の原宿」なのだという。大正大学に移ったとき、この商店街が最寄りにあるという事実には気が付いていたが、まさか自分がそこへ出掛けて行って買物をするとは思ってもみなかった。

都電荒川線の踏切りを越えた所から、商店街がはじまっている。辺りを見まわしたら、お茶を商う店は何軒もあって、その一軒の店先には急須が並んでいた。

「病院に持って行きたいので、適当なのでいいんだけれど」

というと、女将らしい中年の女性が、

「それじゃこんなのはいかがですか」

と、比翼の鶴が翔んでいるデザインのを選んでくれた。値段は千円だった。

急須を手に入れてしまうと、折角ここまで来たのだからという気持になって、とげ抜き地蔵まで参詣に行った。確かに高齢者の多い善男善女に立ちまじって両手を合わせているうちに、涙が込み上げて来た。

自分は何故ここで、こんなことをしているのだろう？　もちろん家内が、恢復することのない病気に罹っているからだ。一分一秒と時が経つうちに、家内の生命は奪われつつある。早く帰って、病院に行ってやらなければならないのに、とげ抜き地蔵の境内で時を過しているのは、祈っているからにほかならない。してみると自分が、この私が祈りを信じているのだろうか。

ステロイド剤の効果が上り、呼吸困難が解消してみると、逆に五月二十二日の交通事故で片鱗を示した機能麻痺の症状が、少しずつ進行しはじめていることが明らかになった。つまり頬のしびれが、手足にも及びはじめたのである。六月十日に退院したとき、家内は車の運転をしないようにといわれ、犬の散歩も控えるように主治医から申渡された。

「これじゃあまるで、生活をするなというようなものじゃないの」

と、家内は大不服だった。

「そんなことをいったって、事故を起されちゃたまらない。車を使うときはタクシーを呼べばいい。メイの散歩は、家にいるときはぼくがさせる」

極めて実際的な理由からしても、できるだけ家内のそばにいなければならないという気持が強くなり出したのは、この頃からだった。

紀ノ国屋は、買い上げる品物が多ければもちろん配達してくれる。だが、例えば私が市役所に住民票を取りに行ったついでに紀ノ国屋へ寄って、自分で買物を済ませてくれれば家内はそれだけ安心して好みの品を手に入れられるというものだ。

しかし、もとより単に実際的な理由だけからではなかった。大学で授業に没頭しているときや、研究室で調べものをしているときはよい。他の大学や研究機関の人々と、学外で研究会を開いているときもよかった。時間の経過を意識せずに済むからである。だが、乗り物に乗って移動をはじめるたびに、時間はにわかにその露わな姿を現わす。そして、その時間と自分が競走していることが、意識にのぼりはじめる。

一刻も早く、この時間から逃れたい。そして、日常的な時間のなかに戻りたい。その後一度も、旧里見弴邸の前でタクシーを降り、わが家の方向に向っても、家に燈がついていないということはなかった。家内の寝息が急に乱れて、突然の死《サドン・デス》の兆候が現われ、救急車を呼ばなければならないという事態も起らずに済んでいた。

時間の露わな姿に自分を直面させているのは家内の病気なのに、その家内が保証しているものこそが日常的な時間そのものなのである。だからこそ、玄関のチャイムを鳴らして扉が開き、家内と犬が出て来るのを見ると、その瞬間に安堵が胸にひろがり、私はたちまち日常的な時間に身を託すことができる。それがいかに一時の錯覚で、数ヶ月後には自分から奪われてしまうものだと自覚していても。

いや、それが単なる錯覚に過ぎないという事実は、あり来たりの会話にも顔を覗かせることがあった。

退院後最初の月曜日だったから、六月十五日のことだったに違いない。夜分に研究会があって、午後十時過ぎに帰宅した私が、居間で寝酒のコニャックを飲んでいると、

「今日プールでね」

と、家内がいい出した。彼女は鎌倉のスウィミング・クラブの会員で、毎月曜日クラブのプールに通っていたのである。

「……クロールで五十メートルのダッシュをしたら、唇が紫色になってるってみんなにいわれちゃった。顔にも血の気がなくなっているって」

「そりゃ無茶だよ」

と、私はいった。ほとんど心臓が停りかねないほど、私はショックを受けていた。

「……つい先週まで入院して、ステロイドの治療を受けていたばかりじゃないか。Sちゃんも H先生も、プールに行くならポチャポチャやるだけって、あれほど何度も念を押していたのに」

「だってそれじゃ下手な人みたいで、つまらないんですもの」

「ここはとにかく慎重にやってもらいたいね。君の泳ぎが上手なことは、プールに来る人なら誰でも知っているんだから」

私は家内の病状について、彼女と議論しないことにしていた。議論しているうちに、感情に溺れてつい本当のことをいってしまうのを恐れていたためでもあるが、ここへ来ていさかいめいたことをしたくなかったからでもあった。私は、いつもできるだけ優しくしていたかった。

金曜日に通っていた藤沢・読売文化センターの、堀越政寿絵画教室のほうは、車の運転ができなくなったので自然にお休みになっていた。家内には一種独特の画才があり、東京にいるときには宮田晨哉先生に学び、ワシントンではココラン・スクール・オブ・アーツに通っていた。鎌倉へ移ってからは、新制作派の堀越政寿先生に師事して、やや素人離れのした油絵や水彩を描きはじめていた。

「この頃、線が真っ直ぐに引けなくなって来たわ。やはり手もしびれているのかしら」

二階のサン・ルームを画室にして、スケッチをしていた家内がいった。そのうちに夏休みが近づき、七月にはいると、食器をしばしば壊すようになった。手が滑るというより、つかんだつもりの食器が、ちゃんとつかめていないのが原因の場合が多いように見受けられた。

補講も終り、夏休みがはじまったのを待ち兼ねて、家内を病院に連れて行ったのは七月二十二日のことである。Y院長とH主治医が診察して、右手に機能麻痺があることが確認された。翌二十三日から三度目の入院をすることになったが、予定の入院期間は二週間であった。

その日の夕方、家内が台所で食事の支度をはじめていたときである。小さな叫び声を聴いたので、ドアを開けてみると、ガスレンジの上に火の手が上りかけていた。

「どうした?」

「手許が狂って油をこぼしたら、それが燃えただけ。もう大丈夫」

といいはしたけれども、家内は明らかに動揺していた。

「油を使う料理は、しばらく止めにしたほうがいいんじゃないかな」

とつぶやくと、家内が苛立った声で突然叫び出した。

「どうしてそんなに心配するの。少し異常じゃない? そんなふうに心配するなら、もう入院なんか絶対にしないから」

　その声の激しい調子につられて、私は一瞬ほとんど真実を告げそうになり、辛《から》くも思い止まって懇願した。

「そんなことをいわないで、ぼくを安心させるためだと思って入院してほしい。現に右手がしびれて、障害が起っているのは事実じゃないか。ぼくは君と違って、医学知識にも乏しいし、勉強する時間的余裕もない。愚かなことばかりいって、苛々するかも知れないけれど、それは許してくれないか」

　家内の表情がふと緩んで、笑顔が浮んだ。そこへ姿を現わして身体をすりつけて来た犬のメイに、私はいった。

「お父さまがバカなんだ。そうだよね、メイ」

　メイはその言葉を肯定するように、しきりに尻尾を振った。

五

七月二十三日、家内が三度目の入院をする日の早朝、私はただならぬ物音に驚いて眼を覚した。

二階の八畳の寝室の、手洗いに通じる襖とは反対側の部屋の角に、家内が倒れている。恐らく手洗いに立とうとして身体の平衡を失い、傍らの和家具で頭を打って軽い脳震盪を起したらしい。時計を見ると、まだ午前六時半を少し過ぎたばかりだった。

「どうした？　大丈夫か」

と、私は声を掛けた。

「大丈夫」

と案外しっかりした声で答えて、家内はフラフラと立ち上った。私も蒲団を出てその身体を支えようとすると、家内は、

「自分で行けるから、大丈夫」

と用を足しに行って、自分の寝床に戻ると横になって眼を閉じたまま、

「寝呆けたのかしらね、急に方向感覚がおかしくなって」

とつぶやいた。

「まだ時間が早過ぎるから、もうしばらく休んでいたほうがいいよ。ハイヤーが来るのは、確か十時だから」

と、私はつとめてさりげなくいった。

この日がひょっとすると、家内のこの家との別れになるのかも知れなかった。十六年前に建てて、東京の市ヶ谷から移って来た家。三年前の阪神大震災のあとで大改築して、やっと住み易くなったと喜んでいた家。その大改築の設計は、すべて家内自身が手掛けたのだった。

しかし、そんなことは一言も家内にいえなかった。もちろん彼女は、二週間

の予定で検査と治療が終ったら、この家に帰って来ることになっていたからである。したがって荷物の数も少かったが、そのなかにはあの比翼の鶴の急須がはいっていた。

ショルダー・バッグには、ラフカディオ・ハーンの『Glimpses of Unfamiliar Japan（日本瞥見）』のペイパーバック版と英和辞書、それにパステルの絵具と小型のスケッチブックを入れていた。前者は鎌倉や逗子在住の若い夫人方と一緒にやっていた読書会のテクスト、後者はいわずと知れた絵の稽古のための道具である。読書会も絵の教室も、退院できさえすれば今まで通り続いて行くはずであった。

遺品のなかから出て来た葉書サイズのスケッチブックに、病室から見える京浜急行の操車場の印象をパステルで描いて、「お見舞／ありがとう／ございました／御心配おかけして／きっと元気になります／慶子」と言葉を添えた一葉がある。宛名が書いてないので、誰に出そうとしたものかわからない。

その次の頁には、絵がなくて言葉だけで、

「Y・S先生／いろ〳〵とありがとうございました／とげぬきのお茶／お上り下さいますか？／きっと先……」とブルーのパステルで書いてある。私が地蔵通りの商店街で購めて来たお茶を、Y院長に進呈しようとして書きかけたものらしい。

この二通の送られなかった便りが書かれたのは、七月末と覚しい。その頃はまだ視力も正常で、右手がしびれてはいても手蹟《しゅせき》に乱れはない。なによりも注目すべきことは、この時期の慶子が「きっと元気になります」と、恢復を信じていたことである。

そういえば、ちょうどその頃、研究室に本を取りに行った帰りにとげ抜き地蔵に参詣して、身代り地蔵のお札をいただいて来たことがあった。もとよりお地蔵さまが病人の身代りになって下さるというのだが、自分が家内の身代りを志願しているような気分になりかけて、ハッとした。

病院には、週末を除いて、一日置きに家内の着替の浴衣を抱えて通っていた。洗濯とアイロン掛けは、過去十五年来週に二回、月曜と金曜に拙宅に通って来るお手伝いのKさんがしてくれる。もっとも、Kさんの都合で予定が変ったりすると、洗濯もアイロン掛けも私の仕事になる。洗濯のほうは、アメリカから持ち帰って来たGEの全自動式で、乾燥機も付いているので別段苦労はない。なかなかうまく行かないのはアイロン掛けのほうで、これはついに最後まで上達にいたらなかった。

七月の入院直後から八月末までは、病院通いの間隙を縫って、『漱石とその時代』第五部の原稿を書いていた。七月に書いたのが第十四回目で、八月が第十五回目である。『道草』が連載されていた大正四年(一九一五)六月の記述まで来ているので、あと六、七回で終りそうだったが、それがいつ、どんな形で書けるのか、見当もつかない。すべては家内の病状の進行次第であった。

昼食を済ませてから出掛けるので、病院に着くといつも午後二時過ぎになった。それから病室のキチネットで湯を沸かして、たいていは紅茶を飲む。家内はベッドを出て、応接セットの置いてあるところまで移動し、アーム・チェアに腰掛けてお茶を飲んだり、菓子をつまんだりした。

二月から数えれば、もうすぐ満六ヶ月になるというのに、家内の生命はまだ尽きてはいない。その限りで専門医の予言は、当っていなかった。しかし、八月もお盆明けの頃になると、麻痺が右の脚部に及び出して、歩行器の助けを借りなければ手洗いに通うのも困難になりはじめた。

左右の手脚の平衡が失われているので、歩行器を用いても真っ直ぐに歩くことができない。そこでうしろから腰を支えてやり、病室内の洗面所にたどり着いて、病人を便座に坐らせてやる。

用を足しているあいだに、歩行器の向きを百八十度回転させ、病人に声を掛けてドアを開けると、身体をかかえて歩行器につかまらせ、また腰を支えて、お茶を飲む場所かベッドかへ誘導する。

「あなたにこんなことをさせるなんて、夢にも思わなかったわ」

と、家内はいった。夫をドアの外に立たせて置いて用を足すなどということは、これまで四十一年間の結婚生活のうちに絶えてなかったからである。

しかし、八月も初旬のうちは、手脚の麻痺もそれほど進んではいなかった。

だからこそ外出の許可も出、お盆明けには少くとも一晩は帰宅するという、外泊の可能性すら検討されていたほどであった。

昨年の予定表を繰ってみると、八月四日と十日の二回、私たちは外出の許可を得て、横浜東急ホテルに夕食に出掛けている。もとよりいずれの日にも、編集者たちが見舞に来てくれて、介助する人手と車があったからだったが、何故か家内は十日以後、外出したいとは決していわなくなった。あるいは当人にしかわからない何事かが、ひそかに起っていたのかも知れない。

そんなわけで、私がしばらくのあいださまざまに想い描いていた外泊・一時帰宅の可能性は、いつの間にか消えてしまった。だが、その代りとでもいうように、まず家内の次兄が神戸から見舞に来てくれた。しかも、今は悠々自適の生活を送っているが元来はエンジニアで、仮眠に馴れている次兄は、病室の一隅に簡易ベッドを入れさせて、病む妹の一夜を看取ってくれたのである。

それにつづいて、パーキンソン病のために外出も旅行も不自由なはずの長兄が、義姉に附添われて、短時間ではあったが名古屋から見舞に現われた。私からは無論、兄たちに本当の病名を告げてはいなかったので、これは恐らく血のつながっている兄たちと妹とのあいだに作用した、虫の知らせというべきものに違いなかった。

夜間は当直看護婦だけで手薄になるからという病院側の要請もあって、八月十九日には附添婦を雇い入れた。『漱石とその時代』第五部の、第十五回目を脱稿したのは八月二十一日である。八月二十五日には、生活習慣が合わないために附添婦を解任し、新しい附添婦を雇い入れた。この日、『漱石とその時代』の著者校閲が終った。

身辺に病人がいることは、学年のはじめに大学に届け出てあったが、秋の学期の開講を控えて、教務にだけは本当のことを告げて置かなければならない時期が近付いていた。九月十一日、ほかに誰もいない学科の部屋で、私は家内が末期癌で恢復の見込みがないこと、したがって秋の学期には休講を余儀なくされる場合が増えると思われることを、女性の教務課長に打明けた。

そのときの彼女の表情を、私は忘れない。彼女はしばらく一言も発せずにいて、やがて小声で「何と申し上げたらよいか……」といった。そして、私にとも、その場所にはいない家内にともなく、「どうぞお大事に」といって部屋を出ていった。

H主治医から、折入って話があるという連絡があったのは、九月十七日であった。打合わせた時間に副院長室に行くと、本人に告知するには及ばないが、近親者には本当の病状を知らせる時期が来たと思う、よろしくお願いしますと、H副院長は私にいった。

その夜、私はまず兄たちに電話し、今まで本当の病名を伏せていたことを詫びた。すると、長兄が私をいたわるようにいった。

「いや、それでよかったんだ。慶子は気丈なように見えるけれど、あれで案外脆《もろ》いところがある。告知にはとても堪えられなかったろう。いずれにせよ、あなた一人が頼りなんだからね、よろしくたのみますよ」

この月、つまり九月には、私は『漱石とその時代』第五部の第十六回目を書くことができなかった。いつの間にか、私の病院通いは毎日になっていたからである。

六

慶子の入院以来、私は毎朝九時に定時の電話を掛けていた。

直通ではないので、まず交換手が出る。そして、しばらく「メリーちゃんの仔山羊」の音楽が鳴っているうちに、家内が出て、その声が聴える。

電話機は、入院当初はベッド脇のサイド・テーブルに置いてあったが、右手のしびれが進むにつれて、受話器を取り易いように折畳みの椅子の上に移された。

十月二日の金曜日も、私はいつものように定時の電話を掛けた。この日は大学の開講日に当っていたので、まず大学に行き、学生に自分の身辺の事情を説明して、その理解を求めるつもりであった。この日から次の週にかけて、多くは大学院の自分の担当科目をひと渡り開講してしまい、今学期休講が多くなるかも知れない事情を簡単に告げて置く。そのために今日は、病院に立ち寄れるのが夕刻になるということを、私は家内に連絡して置こうと思っていた。

ところが、その家内が、電話口に出ないのである。「メリーちゃんの仔山羊、仔山羊、仔山羊、メリーちゃんの仔山羊は真っ白よ」のメロディーが、何度繰り返されても家内は出て来ない。

異常を感じて、私はいったん電話を切り、七階のナース・ステーションに掛け直して、出て来た婦長に家内がどうなっているか見てくれるように頼んだ。そして、もう一度、頃合いを見計らって家内の病室につないでくれるよう、交換手に依頼した。

今度は「メリーちゃんの仔山羊」が一回だけで、婦長が出、

「ちょっとお待ち下さい」

と受話器を家内に手渡す気配がした。

「どうした？　大丈夫か」

「大丈夫」

と、辛うじて発語した家内の声は、少しも大丈夫どころではなかった。

そこへ、婦長の声で、

「これからすぐ、病院にお出でいただくわけにはいきませんでしょうか？　今朝は奥様の御容態に、急変があったと思われますので……。はい、先生にはすぐ連絡して、必要な処置を取ります」

と、畳み掛けるようにいわれた。

「それでは大学に出る予定を変更して、できるだけ早く病院に向います。家内には、私が行くから安心しろとお伝え下さい」

私は、ちょうどその頃来てくれたお手伝いさんに状況を説明し、大学の教務に連絡してこの日は開講できない旨を伝えた。そして、取るものも取り敢えずという想いで、タクシーを呼んだ。

病室に到着すると、家内の意識は混濁しているというのではなかった。言葉が発語できないというのでもなかった。ただ、今まで彼女を支えて来た生命の柱が俄《にわか》に崩折れたとでもいうように、全身が弱り、声に目立って力がなくなっていた。

「大学に、行かなくてもいいの？」

と、その声の下から家内がいった。

「さっき連絡して、断ったからいいんだ。このあいだも、うちの事情はよく説明して置いたから」

私は、この日から横浜東急ホテルに泊り込んで、毎日少しでも長時間家内のそばにいることにしよう、と心に決めていた。

実際問題として、病人に電話が取れないのであれば、当然ナース・コールも儘《まま》にならない。看護婦の問診にいわゆる「御家族の方」の存在が必要になるのは、まさにここにおいてである。そして、危篤といってもよい病人に昼間附添ってくれるような信頼できる附添婦は、いくら探しても見付からなかった。

一度家に戻った私は、まずN犬猫病院に電話して、犬のメイを預ける手配をした。メイが戻って来ても、そのとき家内は決して戻って来ない。そして、次には庭師の親方のSさんに来てもらって状況を手短かに説明し、Sさんとお手伝いのKさんに不在中の家を託すことにした。

夫婦で外国に出掛けたり、軽井沢の山小屋に行っていたりすれば、毎年のように家は留守になる。今回も同じようなものだということもできるのかも知れないが、それが同じであり得るはずはなかった。

Sさんはこの家を建てたとき、庭を造ってくれたA大親方の助手を務めた人だから十六年半、Kさんもその翌年から数えて十五年、わが家のために働いてくれている。家内と私に何が起りつつあるか、この人々ほどよく知っている人たちはいないはずであった。

病院に帰って、H主治医と若いQ担当医、それと婦長に、ホテルにチェック・インしたことを報告し、家内の容態次第では先日の次兄のように、簡易ベッドに泊り込んでもよいのだがと、病院側の意向を訊いた。

H主治医は、まだその必要はないと、はやる私を慰めるようにいった。それに同調して婦長もいった。

「今からそんなに飛ばしていたら、御主人のほうが参ってしまいますよ。今夜は私の当直ですから、大舟に乗ったつもりでホテルでお休み下さい」

ホテルで食事をしているとき、西洋料理というものは男が一人で食べていても、何とか様《さま》になる唯一の料理だな、と私は思った。これから自分が死ぬまでに食べる西洋料理の回数は増えそうであった。

部屋に引揚げてからは、近親や家内の親しい友人に電話を掛けて病状の急変を告げた。九月中旬に、主治医から本当の病名を知らせるよう指示されたとき、はじめて連絡した姪の一人は、次の日にはかならず病院に来ると約束してくれた。今は故人となっている慶子の姉の長女で、鎌倉に住む主婦である。

九月にこの姪に本当のことを知らせたときには、私が鎌倉駅で偶然出逢ったことにして家内の手前を取りつくろったが、もう今度はそんな下手な嘘をつく必要もなくなってしまった。

一方、慶應女子高以来の家内の親友、M夫人だけは、私以外ただ一人慶子の真の病名を知っていた。Y院長が、私の諒解の下にM夫人に打明けていたからである。

この晩、私がいまだに告知の問題で悩みつづけていることを告白すると、M夫人は言下にいった。

「告知しないのが正解でしたよ。七、八年前、あなたが腰を痛めて、腫瘍の疑いがあるっていわれたことがあったでしょ。御存知なかったでしょうけれど、でしょうけれど、あのとき彼女、ほとんどパニック状態になった表面は冷静で強そうに見えても、すぐ壊れてしまいそうな繊細なものを彼女はかかえているの。なたが一番よく知っていらっしゃるようにね」

M夫人の言葉に力を得たためか、私は深夜十二時少し前には眠ってしまった。ところが熟睡して間もなく、枕許の電話が鳴ったのである。

「済生会病院の七階ナース・ステーションですが、江藤さんの御主人様でいらっしゃいますか？」

ベテランらしい落着いた当直看護婦の声が流れて来た。

「……今すぐどうということはないと思うのですが、モニターを見ていますと、奥様の血圧が下がって、著しい徐脈になっていらっしゃいます。先生からお知らせするようにいわれましたので、こちらにお出でいただけますか？」

デジタルの時計を見ると、午前二時を少し過ぎている。

「もちろんすぐうかがいます」

と洋服に着替えて、ホテルを出たが、午前二時過ぎの横浜駅前は文字通りの不夜城で、宵の口と何の変りもないように見えた。小雨が降っていた。

私が到着するまでにどんな手当が行われたのか、家内の徐脈は一時間余りでやや正常に復しはじめた。

「ホテル住いは、やっぱり便利だよ。十分もかからずに病院に着いてしまった。鎌倉からだとこうはいかないからね」

だから安心しなさいという気持を言外に込めていうと、家内は無言で肯いた。

若いＱ担当医が、

「もう大丈夫だろうと思います。お騒がせしましたが、どうぞホテルに戻ってお休み下さい」

といった。

ホテルには戻ったが、なかなか眠るどころではない。全く、大舟に乗ったつもりでいたところに、深夜再び急変が起ったのだから、これからはいつ何が起るかわからない。そのときはかならず、何を措《お》いても家内のそばにいてやらなければならないという気持がつのった。

それから数日のあいだは、姪たちが次々と現われたり、遠い所からの見舞客があったりして、病室に多少の動きが生じた。私はといえば、最初の晩の深夜の電話のせいか、ホテルでベッドにはいっても、二時間置きに眼が覚めるようになっていた。それが病室のアーム・チェアに腰を下ろすと、二十分でも三十分でも昏々と深く眠ることができる。

「この人は病院に眠りに来ているのよ」

と、気分のよいとき家内は姪たちにいっていた。

しかし、十月七日、九日と家内の容態はよくなかった。九日にはついに泊り込みを決意し、その支度をして病院に行き、簡易ベッドをひろげて、私は家内にいった。

「今夜は久しぶりで一緒に休もうね」

その言葉を聴いた家内は、一瞬両の眼を輝かせ、こぼれるような笑みを浮べた。あの歓喜の表情を、私は決して忘れることができない。

七

十月十一日も終日病状が思わしくなかったので、泊り込むことにした。

「あなたが仕切りはじめると、急にいろいろなことが動きはじめるのね」

と、家内は満足そうにいったが、私は何を「仕切」っていたわけでもなく、背の低い簡易ベッドに横になりながら、しびれていないほうの家内の左手を握りしめているに過ぎなかった。

それに加えて、九日に泊ったときには家内のそばにいる安心感でしばらくぐっすりと眠れたのに、十一日は終夜眠りが浅く、看護婦の動きがしきりと気になった。

「こんなに何にもせずにいるなんて、結婚してからはじめてでしょう」

と、家内がふと微笑を浮べていった。

「たまにはこういうのもいいさ。世間でも充電とか何とかいうじゃないか」

と、月並みなことを口にしながら、私はそのとき突然あることに気が付いた。入院する前、家にいるときとは違って、このとき家内と私のあいだに流れているのは、日常的な時間ではなかった。それはいわば、生と死の時間とでもいうべきものであった。

日常的な時間のほうは、窓の外の遠くに見える首都高速道路を走る車の流れと一緒に流れている。しかし、生と死の時間のほうは、こうして家内のそばにいる限りは、果して流れているのかどうかもよくわからない。それはあるいは、なみなみと湛えられて停滞しているのかも知れない。だが、家内と一緒にこの流れているのか停っているのか定かではない時間のなかにいることが、何と甘美な経験であることか。

この時間は、余儀ない用事で病室を離れたりすると、たちまち砂時計の砂のように崩れはじめる。けれども、家内の病床の脇に帰り着いて、しびれていないほうの左手を握りしめると、再び山奥の湖のような静けさを取り戻して、二人のあいだをひたひたと満してくれる。

私どもはこうしているあいだに、一度も癌の話もしなければ、死を話題にすることもなかった。家政の整理についても、それに附随する法律的な問題についても、何一つ相談しなかった。私たちは、ただ一緒にいた。一緒にいることが、何よりも大切なのであった。

何故なら、私たちの別れは遠くないからである。そのときまでは、できるだけ一緒にいたい。専門医の予測した長くて半年という期限は、既に二ヶ月も過ぎていた。こうしてまだ一緒にいられるのが、ほとんど奇蹟のように感じられた。

私は、自分が特に宗教的な人間だと思ったことがない。だが、もし死が万人に意識の終焉をもたらすものだとすれば、その瞬間までは家内を孤独にしたくない。私という者だけはそばにいて、どんなときでも一人ぼっちではないと信じていてもらいたい。そのあとの世界のことについては、どうして軽々に察知することができよう?

まだこれほど衰弱してはいなかった頃、小鳥のような顔をした若い看護婦が来て、

「江藤さんは、毎日御主人がいらしていいですね。ほんとにラブラブなのね」

と、感心してみせたことがあったらしい。

「……今だからそう見えるだけで、若いうちは毎日喧嘩ばかりしてたのよって、いってやったけれどね。あの子へマばかりして、落ち込んでは話に来ていたの」

と、家内は、血圧を測りに来て病室を出て行ったその若い看護婦の後姿を、眼で追いながらいった。しかし、その視力が、既にひどく衰えていることを私は知っていた。

「今の若い娘は、こういうのを〝ラブラブ〟っていうのかね。はじめて聞いたな」

と応じながら、私は実はそのときひそかに愕然とした。

若い看護婦のいわゆる〝ラブラブ〟の時間のなかにいる自分を、私はそれま

で生と死の時間に身を委ねているのだと思っていた。社会生活を送っている人々は、日常性と実務の時間に忙しく追われているのに、自分は世捨人のようにその時間から降りて、家内と一緒にいるというもう一つの時間のみに浸っている。だからその味わいは甘美なのだと、私は軽率にも信じていた。

　だが、いわれてみればこの時間は、本当は生と死の時間ではなくて、単に死の時間というべき時間なのではないだろうか？　死の時間だからこそ、それは甘美で、日常性と実務の時空間があれほど遠く感じられるのではないだろうか。例えばそれは、ナイヤガラの瀑布《ばくふ》が落下する一歩手前の水の上で、小舟を漕いでいるようなものだ。一緒にいる家内の時間が、時々刻々と死に近づいている以上、同じ時間のなかにはいり込んでいる私自身もまた、死に近づきつつあるのは当然ではないか？

　前の日から小康を得ているかと思われた家内が、突然、

「息が止りそう。もう駄目……」

と、力無い声で訴えたのは、十月十三日の午後三時を少し過ぎた頃だった。

「駄目ということはないだろう」

と、私は声を励まして耳許で呼び掛けた。

「……今までに辛いことは何度もあったけれども、二人で一緒に力を合わせて乗り切って来たじゃないか。駄目なんていわないで、今度も二人で乗り切ろう、ぼくがチャンと附いているんだから」

家内が微かに肯いたように見えたので、私は看護婦に連絡して主治医の診察を求めた。モルヒネの投与がはじまったのは、その日の午後六時からであった。

「新薬の抗生剤だ。これで楽になって来るだろう」

と、私はその頃見舞に来ていた姪たちにいった。

彼女たちは当然それがモルヒネであることを知っていたはずだから、これは家内に聴かせるためだったが、医学知識に詳しい家内が「新薬」の性質に気付いていないとも思われなかった。

この夜、というよりは翌十四日未明の午前二時二十五分、病院からホテルに緊急の連絡があり、また顕著な徐脈が起ったという。急いで行ってみると、ナース・ステーションに置いてあるモニターのブラウン管は、六十五というような数字を映し出していた。

越えて、十月十五日の午後のことである。

誰にいうともなく、家内は、

「もうなにもかも、みんな終ってしまった」

と、呟いた。

その寂寥《せきりよう》に充ちた深い響きに対して、私は返す言葉がなかった。実は私もまた、どうすることもできぬまま「みんな終ってしまった」ことを、そのとき心の底から思い知らされていたからである。私は、しびれている右手も含めて、彼女の両手をじっと握りしめているだけだった。

この日から、モルヒネの投与量が増えた。夕刻、主治医や担当医に勧められてホテルに戻っても、相変らず二時間置きに眼が覚めてしまう夜がつづいていた。

ときどきは夕食の時間に間に合うように、N夫妻が病院やホテルを訪ねてくれることがある。N氏は地方議員、N夫人は画廊を経営していて、そこで年一回催される大家の余技展の末席に、家内の絵を二度ほど加えてもらったこともある。

それがほとんど唯一の息抜きで、眠れようが眠れまいが朝は六時過ぎには起床し、七時に食堂が開くのを待ち兼ねて朝食を取り、そのあいだにランチ・ボックスを作ってもらって、八時少し前には病室に到着する。そこで夜の附添婦と昼間の附添夫である私とが交替し、それから十時間病室にいる。

ランチ・ボックスは、バターと苺ジャムのサンドウィッチにピクルス、それにゆで卵二個という至極簡単なもので、私はそれを「コロスケ・ランチ」と呼んでいた。

家内と私との共通の幼時体験に、「仔熊のコロスケ」という漫画がある。そのなかで、コロスケが苺ジャム付きの食パンを食べている一コマが実に旨そうで、家内も私も以前から鮮明に覚えていた。その「コロスケ・ランチ」を持って、附添夫の私が毎日現われる。どうだい、面白いだろうと、私は家内の反応にはお構いなく、勝手に面白がって見せた。

その「コロスケ・ランチ」のボックスを、そろそろ開けようかと思っていた正午少し前である。モルヒネの投与がはじまってちょうど十日目の、十月二十三日のことであった。

薬のせいで気分がよいのか、家内が穏やかな微笑を浮べて、私を見詰め、

「ずい分いろいろな所へ行ったわね」

といった。

そういえばプリンストンから帰って来るとき、二人でヨーロッパを廻っていると、汽車で出逢った老夫婦から、

「みんなは引退してから世界漫遊に出掛けるのに、この若夫婦はこの若さで同じことをしている」

と感心されたことがあった。海外への旅行者が稀な、一九六〇年代前半のことである。

「本当にそうだね、みんなそれぞれに面白かったね」

と、私は答えたが、「また行こうね」とはどうしてもいえなかった。そのかわりに涙が迸《ほとばし》り出て来たので、私はキチネットに姿を隠した。

八

それからは概ね、安らかな昏睡がつづいて行った。

ときどき意識が戻ると、それにつれて末期癌特有の全身の苦痛も誘発されるので、この間にモルヒネの投与量は次第に増加した。

原稿はもちろん書いていない。しかし、「産経新聞」の第一面のコラム『月に一度』だけは、休むわけにいかないので、

「あれだけは書いてしまうよ」

というと、家内は笑みを浮べて肯いた。

十一月二日の月曜日に掲載される分を、ホテルからファックスで送って、

「書けたよ」

と報告したら、何もいわずに満足そうに笑った。新聞だけではなく、私の仕事がよほど気になっているらしく、編集者が本の校正刷を持って病院に現われたときには、一瞬意識が戻り、やや鋭い声で、詰問するように、

「あの人、何しに来たの？」

と質《たず》ねた。

「今度出る本の、著者校を持って来てくれたんだ」

と説明すると安心したと見え、家内はまた静かな眠りのなかに沈んでいった。

あるいは、家内はこの頃、私をあの生と死の時間、いや死の時間から懸命に引き離そうとしていたのかも知れない。そんなに近くまで付いて来たら、あなたが戻れなくなってしまう、それでもいいの？　といおうとしていたのかも知れない。

しかし、もしそうだったとしても、私はそのとき、家内の警告には全く気付いていなかった。ひょっとするとそれは、警告であると同時に誘いでもあり、彼女自身そのどちらとも決め兼ねていたからかも知れない。

朝、病室に到着し、夜間の附添婦がいなくなると、私は二、三分間窓を開け放って港の風が吹き込むのに任せ、夜のあいだに籠って澱んだ部屋の空気を入れ替えることにしていた。

そして、家内がどれほど昏睡状態をつづけていても、「慶子、おはよう。今日は十月二十九日の木曜だよ」というふうに、かならず声を掛けた。

だが、幸い十月二十九日の朝には、家内の意識が戻り、しかも苦痛も収まっているようだった。それに力を得て、私は小さな事件の話をはじめた。ホテルでうっかり近眼鏡をベッドの上に置き、その上に坐り込んで、フレームを歪めてしまったこと、ホテルのフロントに預けて高島屋に修理を頼んだら、代金を一文も取られなかったこと。……

それ自体は、取るに足らない失敗の報告に過ぎず、家の居間や食堂でしてもいいような話で、家内も元気なときのように微笑を浮べて聴いているように見えた。が、そのとき私は気が付いた、自分が今決して日常的な話をしているのではないことを。慶子も私もあの生と死の時間のなかにいて、そこでかつてない深い心の交流が行われつつあることを。

慶子は、無言で語っていた。あらゆることにかかわらず、自分が幸せだったということを。告知せずにいたことを含めて、私のすべてを赦すということを。四十一年半に及ぼうとしている二人の結婚生活は、決して無意味ではなかった、いや、素晴しいものだった、ということを。

私は、それに対して、やはり無言で繰り返していた。有難う、わかってくれて本当に有難う、ということを。君の生命が絶えても、自分に意識がある限り、君は私の記憶のなかで生きつづけて行くのだ、ということを。

その無言の会話が、いったい何分、いや何十分つづいたのか、私は覚えていない。そこには不思議に涙はなく、限りなく深い充足感だけがあった。慶子の笑顔は変らず、私も自分が笑みを浮べていることを自覚していた。

その翌日、家内は終日昏々と眠った。私ははじめて、自分が甚だしく疲労していることを意識した。そういえば、何日か前に、家内の親友のM夫人がいっていたものだった。

「このあいだ、姪御さんのN子さんと御一緒に東白楽の駅まで帰ったの。そうしたらN子さんがね、私に取りついて泣きながら、叔母様も可哀そうだけれど、こんなことをしていたら叔父様が死んでしまうわ、どうしたらいいでしょう、っていうんですよ。あの方は本当にあなたの健康のことを心配していますよ」

N子というのは、鎌倉に住んでいる姪である。今は亡い家内の姉の長女で、まだ私たちが婚約時代だった幼女の頃から知ってはいるが、そのN子が「叔父様」、つまり私の健康について、それほど心配してくれているとは考えてもみなかった。そもそも家内が入院して以来、親身になって私が死にはしないかと気遣ってくれる者がありうるとは、夢にも思わずに過して来たからである。

相変らずM夫人は、自分の整形外科への通院日になっている水曜というと、かならず病室に立ち寄って一時間余り家内を見舞ってくれた。

「あなたはそこへ掛けて、少しお休みなさい」

と、まず私を椅子に掛けさせて、しばらく仮眠させようとする。

そして、自分はベッド脇の粗末な折畳み椅子に腰掛けて家内の手を取り、限りない優しさを込めてその手をいつまでも撫でさすりながら語りかけている。女性同士の友情の表現として、これほど心を打つ光景があるだろうかと、感動しているうちに短いまどろみがやって来る。

十一月四日の水曜日にも、M夫人はいつもの時間に現われて、私をアーム・チェアに坐らせた。しかし、いつものように仮眠を取るというわけにいかなかったのは、ひとつにはこの日の朝、浴衣の交換にやって来たあの小鳥のような若い看護婦が、突然絶望的な声で叫び出すということがあったからである。その声を、私はベッドと応接セットとを距てているカーテンの陰で聴いていた。

「江藤さん、江藤さん、いったいどうしちゃったの？　しっかりして下さいよ、ね、そして私に、またいろいろなことを教えて下さいよ。いやだわ、そんなふうになってはいやだわ。しっかりして、ね？」

涙声でそういいながら、とにかく浴衣を着せ替えてしまうと、若い看護婦は小走りに病室を出て行った。その声と姿が頭に焼き付いて、眠れずにいるうち

に、Y院長が久しぶりで来診してくれた。ほとんど意識のない家内を診ながら、

「よし、よし」

としきりにいっていたが、何が「よし」であるのか、自明といえばあまりにも自明であり、わからないといえば何もわからないのであった。

私の身体に変調が生じたのは、その翌日、十一月五日の深夜からである。この日の夕方には庭師のSさんとその奥さん、お手伝いのKさんたちが、連れ立って見舞に来てくれた。家内に、別れを告げに来てくれたことは明瞭であった。この人たちが引揚げて行ったあと、「ホテルでお休み下さい」というH主治医の言葉通りに宿に戻り、あちこちに連絡を済ませ、就眠する前に洗面所に立って、はたと困却せざるを得なかった。尿が全く出ないのである。

深夜なので、近隣の部屋に遠慮しながらバス・タブに湯を入れ、腰湯を使ってみたが、一向に改善の兆候が見られない。そのうちに夜は白々と明けかかり、くたびれ果てて私はベッドに倒れ伏し、いつの間にか一時間ほど眠っていた。目覚めてみると、食堂の開く時間が迫っている。服を着替え、食堂の在る三

階に降り、便所に立って見たところ幸いにも尿が出だした。やっと愁眉を開いて朝食を済ませ、例の「コロスケ・ランチ」のボックスを持って病室に急行した。

この日、十一月六日は、病院にいるあいだいつものように尿は出ていた。昏睡している家内に、「おはよう、今日は十一月六日の金曜日だよ」と呼び掛けたのもいつもの通りなら、窓を開け放って朝の風を病室に入れたのも、前日までと同じである。

ただ一つ、違っていたのは、この日夕刻になっても、H主治医もQ担当医も「ホテルに戻ってお休み下さい」といわなかったことである。その代りに、医師たちは、「食事を済まされたら病室にお戻り下さい」といった。

そこで、私たちは、姪たち姉妹と、N議員夫妻に編集者のR君、それに私との二手に分れて、病院の近所まで食事に出掛けた。知らぬ間に、秋が深まっていた。コートがなければ夜は肌寒いような季節になっていたが、私はホテルにコートを持って来ていなかった。

みなが揃って病室に帰って来ると、Y院長が待ち受けていて、早ければ午後十時過ぎには臨終と思われる、といった。H主治医の所見は少し違っていて、「いや、ことによると午前零時を越すかも知れません」というものであった。

結局、それからの事態の推移は、H主治医の予測通りになった。モニターの脳波が平坦になり、心拍が停止し、Y院長とH主治医・副院長のあいだに、どちらが先に患者の死を確認する聴診器を当てるかについて、儀式めいたやりとりがあった。H主治医と私とが、腕時計で確認し合った死亡時刻は、十一月七日土曜日午前零時二十一分であった。

私は、まだ暖かい慶子の左手の薬指から、結婚指環と一緒に嵌めていた翡翠《ひすい》の指環をそっと抜き取って、自分の鞄のなかへ入れた。彼女が母の形見として特に大切にし、私に託していた指環だったからである。窓外に眼をやると、黒く澄んだ夜空に星が降るように見えた。

九

遺体は、午前二時過ぎには鎌倉の自宅に帰って来た。二週間の検査入院で戻るはずだったのが、慶子は、三ヶ月半振りで冷たい身体になって帰宅したのである。

慶子が帰ってきたら、私は階下にある唯一の和室である私の書斎に安置するつもりで、あらかじめSさんとKさんに書斎を片付けてもらっていた。そのかわりに、二階の八畳を臨時の書斎にして、私の机等を運び上げ、寝室を兼ねる。臨終に立ち会い、遺体に附添ってその帰宅を守ってくれた姪やN議員夫妻、その到着を家で待ち受けていてくれた庭師の親方のSさん、この人々が引揚げて行ったときには午前三時半を過ぎていた。独りになった私は入浴し、午前四時半頃に床にはいった。このときまでは、尿は出ていた。

翌朝、というよりは十一月七日の朝が来ると、N議員の紹介してくれた葬儀屋が現われることになっていた。いうまでもなく、仮通夜と密葬、本通夜と告別式という順序で、これから四日間つづく葬儀の段取りを打合わせるためである。私は、十一月八日（日）を仮通夜、九日（月）を密葬、十日（火）を本通夜、十一日（水）に告別式を行うことにしようと考えていた。

ところが、N議員に連れられてやって来た葬儀屋との相談が現実にはじまってみると、私はたちまちその煩瑣さに堪えられなくなって行った。自分はまだ深海の底のような、あの生と死の時間のなかにいるのに、葬儀に関わる一切は日常性と実務の時間で埋め尽されていたからである。

私が目立って不機嫌になって行くのを看て取ったN議員が、助け舟を出してくれた。

「先生、昨夜はろくろく眠っていないんじゃないですか？　ここは私ができるだけ詰めて置きますから、少し二階で休んでいて下さい」

二階に上って、横になってみると、自分がひどく疲れていることがよくわかった。その疲労は、生と死の時間、いや、むしろ依然として家内と一緒に過していた死の時間のなかにいて、突然出現した日常性と実務の時間を見上げているという、心理的なとまどいだけからもたらされたものではなかった。

恐らく家内の絶命とともに、死の時間そのものが変質したのである。それはいまや私だけの死の時間となって、現に生理的に私の身体まで脅しはじめている。そういうほとんど絶望的な自覚が、今まで一度も感じたことのないこの深い疲労感の底には潜んでいた。そして、尿はまた出なくなっていた。

そのあいだにも、既に弔問客が訪れはじめていたが、私が直接会って挨拶しなければならない客の場合には、N議員からかならず何らかの合図があった。しかし、挨拶を済ませて二階へ戻って来るたびに、疲労感は更に深まり、神経が疲れているだけではなく自分の身体自体が、深く病んでいることがわかった。死の時間は、家内が去っても私に取り憑いたままで、離れようとしないのであった。

家内とはやがて別れなければならない、そのときは自分が日常的な実務の時間に帰るときだ、と思っていたのは、どうやら軽薄極まる早計であったらしい。何故なら、死の時間と日常的な実務の時間とは、そう簡単に往復できるような構造にはできていないらしいからである。

いったん死の時間に深く浸り、そこに独り取り残されてまだ生きている人間ほど、絶望的なものはない。家内の生命が尽きていない限りは、生命の尽きるそのときまで一緒にいる、決して家内を一人ぼっちにはしない、という明瞭な目標があったのに、家内が逝ってしまった今となっては、そんな目標などどこにもありはしない。ただ私だけの死の時間が、私の心身を捕え、意味のない死に向って刻一刻と私を追い込んで行くのである。

それにしても、夕刻になっても尿は少しも出ない。この閉尿状態を打開して置かなければ、翌日から四日間つづく葬儀の喪主を務めるのも覚束ないと、意を決して、掛りつけの鎌倉の開業医D先生に電話で相談した。

D先生は、言下に、

「それは泌尿器科・肛門科の専門医院、逗子のI医院に行くのが一番よい。これから私が連れて行ってあげましょう」

と答え、間もなく奥さんの運転する軽自動車で迎えに来てくれた。

I医院で導尿してもらうと、尿は九百ccも溜っていた。

「これで大丈夫でしょう、ずい分溜っていましたね」

と、I医院の専門医がいった。

その言葉に力を得て、これで何とか葬儀が乗り切れそうな気持がして来た。だが、言葉とは裏腹に専門医のほうは、私の容態に不安を覚えていたのか、名刺に携帯電話の番号を書き添えて、何かあったらいつでも連絡してほしい、すぐ往診するから、と請合ってくれた。

この番号は、たちまちその晩のうちに役に立った。午前三時過ぎに目を覚した私は、閉尿状態が少しも解消されていないことに気付いたからである。

I医院の専門医は、午前四時少し前に私の自宅に到着して、診察し、私に告げた。恐らく今までの過労のために、急性前立腺炎を発症しているものと思われる。一刻も早く然るべき大病院に入院して、加療することが望ましい。

それは全く不可能だ、と私は応じた。そして、あらためて自分がこれから四日間つづく家内の葬儀の、喪主を務めなければならぬ事情を説明した。新聞の死亡記事にも、喪主として私の名前が明記されている。各界からの会葬者に対する儀礼からしても、告別式が終るまではその場にいなければならない。

それなら仕方がない、とI医院の専門医は眉をひそめた。差当り尿道から管で導尿することにして、尿袋に排尿し、閉尿状態に対応することにする。儀式のあいだは尿袋をはずし、管をクランプして、必要とあればその管の口から排尿する。この間、感染症を防ぐために抗生剤を服用しつづけながら、四日間保たせるほかはない。

しかし、喪主としての義務が終ったら、直ちに入院してほしい。自分の所見は、先輩でもある済生会のY院長に伝えて、どの病院がよいかベッドを確保する手続きだけは取るよう依頼して置く。Y院長にも、できるだけ早く相談するようにしてほしい。

Ｉ医院の専門医にいわれた通りにして、とにかく自宅で行うことになった仮通夜を迎えることができた。書斎は六畳で、そこに祭壇が設けられ、柩が置かれているから、近親以外の弔問者には、庭から拝礼してもらわなければならない。

わが家は神道なので、既に宵闇の迫る部屋の内外の空間に、神官の降神の祈りの声が響き渡ると、悲しみが胸に込み上げて来て、堪えられなくなった。いま、慶子の霊が降りて来て、この斎庭《さにわ》に、葬《はぶ》りの空間に顕現している。そう思うと、涙が溢れつづける。胸中の悲哀はあたかも底のない井戸ででもあるかのように、いつ汲み尽せるとも知れない。

私が、いまそのさなかにいる時空間こそ、あの生と死の時空間なのであった。そして、僅かに燈で照らされた庭の暗闇を、次々と通り過ぎて行く弔問者の姿はといえば、私の眼には、むしろ慶子の霊を守って他界から訪れてくれた人々の影のように見えた。

そうしているあいだにも、私の身体のなかでは、刻一刻と死の時間が育ちつつある。あの堪えがたい疲労が、私を内側から崩壊させようとしている。

仮通夜のあとのお浄めの席で、ふと呟きの声を洩らしてしまった。

「なんだか妙にくたびれた。ぼくもできることならこのまま、慶子のいるところへ行ってしまいたいな」

すると、打てば響くという調子で、それをたしなめる声が飛んで来た。

「そんな弱気なことをおっしゃってはいけません。奥様がいらっしゃらなくなっても、先生を頼りに生きている人たちが何人もいるんですから」

どうやらそれは、お手伝いのKさんの声であるらしかった。

密葬の日は、美しく晴れ上った日本の秋の日になった。その空の下を出棺した慶子の遺体は、名越《なごえ》の火葬場で荼毘《だび》に付せられた。

遺骨を抱いて帰宅した私は、その夜遅く、済生会病院のY院長に自分の病状について電話で意見を求めた。十一月十日、十一日と、本通夜と告別式の日が迫って来たためというだけではない。私の病が、更に深く内攻する兆候を示しはじめていたからである。

「十日には、私の専門の救急外科学会が四国で開催されるので、動きが取れません。しかし、十一日の告別式には、私もH（慶子の主治医）も一緒にうかがいます。それまでに入院の段取りを付けて置いて、斎場の親族控室で御説明しますから、私のいう通りにして下さい」

Y院長は、私の心を慰撫《いぶ》するように、諄々といった。その脳裡にある病院は、かならずしも済生会病院ではないらしい。いずれにしても、喪主は、告別式が済むまでは死ぬわけにいかなかった。

十

本通夜の日も、告別式の前にも、私は掛りつけの開業医D先生の往診を求めて、自宅で一時間ほど点滴をしてから斎場に赴くようにしていた。私の容態を気遣う神戸の次兄から強く勧められていたからであり、また点滴でもしていなければ、到底身体が保ちそうもなかったからである。

それにしても、何と夥《おびただ》しい数の人々が、十日、十一日の二日間慶子に別れを告げに来てくれたことだったろう。これに仮通夜と密葬の弔問者を合わせれば、その総数は延べ一千人に近いに違いない。その一人一人に満足に挨拶もできず、時の経過とともに一層深く死の時間に引き込まれつつある自分が、腑甲斐なくて仕方がなかった。

笙《しょう》・篳篥《ひちりき》の楽の音が止み、告別式がすべて終了したのは、十一月十一日の午後三時四十分である。その二、三十分前、私はしきりに額ににじみ出る脂汗を拭きながら、着席している会葬者のあいだに、Y院長とH副院長の姿があるのを認めていた。

倒れ込むようにして親族控室に入ると、Y院長がいった。

「これからすぐ横浜のけいゆう病院へ行って下さい。院長は私の後輩で、すべて承知しています。急いで下さい」

その言葉にしたがって、私はいったん自宅に戻り、平服に着替えるのもそこそこに、三年前に新築されてみなとみらいに移ったけいゆう病院へ向った。編集者のR君と、文藝家協会の若い職員Z君が附添ってくれた。

けいゆう病院は、一見宇宙ステーションのように見える斬新な建物である。その入院係に刺《し》を通じると、驚いたことに、院長室でも病室でもなくて、処置室に直行するよう申渡された。

処置室には、Jという名前の若い医師が待ち構えていた。いうまでもなく、泌尿器科の処置室である。ズボンを脱がされ、あらためて患部をつくづく見ると、排泄器官全体が異様にグロテスクに腫れ上り、大腿部の皮膚が真赤に熱をもっている。

「どうしてこんなになるまで、放って置いたんですか？」

と、J医師がなじるようにいった。事情を手短かに説明すると、J医師は表情を少しも変えずにつけ加えた。

「こうなると、これは前立腺の問題だけでは済みません。全身に及ぶ劇性の感染症の問題になります。敗血症ともなれば、生命そのものが危険です。……」

「それではこれから、私は敗血症で死ぬのですか？」

「いや、敗血症だとは申し上げておりません。敗血症になったら大変だ、といったつもりです。今は新しい抗生剤もいろいろありますから、そうならないように全力を尽します」

正直なJ医師の表情は、言葉では否定しながら、私が敗血症以外のなにものでもないと物語っていた。

「もう一つだけうかがって置きます」

と、私は質ねた。

「……私が死んだ家内と同じように、癌、つまり腫瘍を患っているという可能性はありませんか？」

「先生は、腫瘍を患ってはおられません。感染症の重篤な患者です。いずれにせよ、今夜が一つの山です」

そうか、今夜が一つの山か、と私は内心覚悟せざるを得なかった。

尿道ではなくて、膀胱から直接導尿するための処置、ＭＲＩの検査などが次々と行われるうちに、四十度近い熱が出て来た。いままで意志の力で抑え込んで来たものが、顕在化しつづけているという感じであった。

この頃、私の様子を見に来た姪のＮ子、Ｎ議員夫妻や庭師のＳさんたちは、揃って現われた医師団から、容態はほとんど危篤に近い重態といわれて、呆気に取られたという。ひどく疲労しているとは思っていたものの、まさか死にかけているとは誰一人想像すらしていなかったからである。

ついにここまで来てしまったよ、慶子、と脳裡に浮んだ家内の幻影に呼び掛けたのは、多分その頃だったに違いない。いつも一緒にいるということは、ここまで付いて来るということだったのだ。君が逝くまでは一緒にいる。逝ってしまったら日常性の時間に戻り、実務を取りしきる。そんなことが可能だと思っていた私は、何と愚かで、畏れを知らず、生と死との厳粛な境界に対して不遜だったのだろう。

それをやってしまうのが、あなたなのよ、と慶子の幻影がいったような気がした。誰もしようとはしないことを、あなたは平気でやってしまうの。そこには、私をからかっているとき独特の、彼女の微笑があるように感じられた。でも、あなた自身が崩れない限り、外からの力ではあなたは決して倒れない。前にもいった通り、あなたは感染症では死なないわ。もう少しお仕事をなさい。

そうか、感染症では死なないか、もう少し仕事をするのか。しかし、その仕事の場は、あの日常性と実務の時間のなかにしかない。大学も、同僚たちも学生も、書斎もジャーナリズムも編集者も、みんなみんな、何と遠い所にいるのだろう。そこまでもう一度、一歩一歩にじり寄って、君のいる不可知な時空間から、脱け出さなければいけないのか。

それ以外にはこれという臨死体験もなく、他界を望み見るということもなく、私はただ昏々と深く眠った。そのうちに、いつの間にか一夜が明けたらしい。病室のベッドを取り巻いていた医者と看護婦たちが、口々に、

「眼が覚めましたか。大きな山を越えましたね」

と、声を掛けた。

だが、実際には、その山はJ医師のいう通り「一つの山」に過ぎなかった。次々と新しい山が聳《そび》え立って、十二日が明けても十三日になっても、少しも病状が軽快して行くという感覚が生じないのである。

慶子の幻影に、もう少し仕事をしなさいといわれた以上、ここで自分から崩れてしまっては男が廃《すた》る。意を決した私は、ベッド・サイドの直通電話から済生会のY院長に連絡して、訴えた。

「どうもモタモタしていて、埒が明きません。ここは一つ、一か八か、手術で

もしてもらって決着をつけるほかないんじゃないでしょうか」

私の話を聴いていたY院長は、そのあいだにも決断したらしく、請合ってくれた。

「よくわかりました。これからすぐ、そちらの病院のスタッフに通じて置きます」

こうして、劇性の感染症のために、壊死《えし》しかけている脇腹の皮膚を断ち落すという手術が行われることが決定した。その予定日は翌週の火曜日、つまり十一月十七日である。

手術はいかにも、生と死の時間に属する一大事に違いない。しかし、その結果、もし私が死ぬというようなことになれば、子供のいないわが家の家政は渾沌に帰すること必定である。ここはどうしても病んだ手を伸して、あの日常性と実務の時間をつかみ取り、法律的な体裁を調えて置かなければならない。

幸いこれについては、すべて慶子から一任されている。病室にF顧問弁護士と証人二名を招致して、口述による簡単明瞭な遺言書を作成したのは、十一月十四日（土）午後四時であった。

こうして死んだときの準備をして置けば、却って死神のほうが退散するだろう。そのとき私はひそかに想った。いつの間にか私は、あの死の時間を司る力と、懸命に闘いはじめているのであった。

こんなところで、死んでたまるものか。何としてでも慶子の遺骨を、青山のお墓に納めなければならない。やがては墓誌も、建てなければならない。這ってでも書斎に戻り、『漱石とその時代』を完成させなければならない。ここで死んでしまえば、大学で院生の研究指導をすることも叶わなくなってしまうではないか。

これらすべてのしなければならぬことは、みなあの日常性と実務の時間のなかに存在している。そこへ戻らなければならない。

十一月十七日の手術は、皮膚科部長のG医師の執刀で行われた。麻酔から覚めて、意識が回復して来ると、姪のN子と、庭師のSさんと、N議員夫妻の顔が見えた。この人たちは一人残らず、優しく微笑んでいた。ベッドを取り囲んで、私が生き返ったことを、そして現に生きていることを、心の底から喜んでくれているのであった。

「やあ、ＰＴＡが集っている」

と、私はいった。

エピローグ

断ち落した皮膚を覆うための、皮膚移植の再手術が行われたのは十二月十日（木）、点滴が終って病室内を歩行できるようになったのが十二月二十一日（月）、膀胱からの導尿が終ったのはその翌日、十二月二十二日（火）である。

最初の手術のあと、病勢が目立って衰えはじめていることは自覚できたが、恢復に向っているという感覚は生じて来なかった。再手術までの三週間余りの時間を、私は、ベッドのなかで実務を一つずつ片付けることに費やした。

十二月七日の、慶子の三十日祭は、自宅で近親者のみで行うことにし、その執行は姪のN子とN議員夫妻、それに庭師のSさんとお手伝いのKさんに依頼する。喪主の私が、外泊できる状態ではないので、神戸の次兄に喪主を代行してもらう。寒い季節だから、お祭りのあとの会食は温かいものがよい。これについては、N議員に、鎌倉駅にほど近い中華料理店を予約してもらうことにする。

三十日祭が無事に済んだら、今度は忌明けの挨拶をしなければならない。この件は高島屋の外商に来てもらってよく相談し、会葬者の控えをコンピューターに入力して、遺漏《いろう》のないようにする必要がある。挨拶状は、無論病床で私が書く。どんなに恢復感が不充分でも、これだけは自分で書かねばならない。

十二月十日の再手術は三時間かかったが、慶應出身の耳鼻科医である従兄が手術室にはいって、立ち会ってくれた。私の体内に、恢復感が漲《みなぎ》りはじめたのは、この再手術が終了した直後からである。

自分はいま、治りつつある。あの日常性と実務の時空間に向う大道を、歩みはじめている。それは、入院以来かつて感じたことのなかった健康な感覚であった。人間の身体というものは、やはり皮膚に覆われていなければいけないのだと、思わないわけにはいかなかった。

十二月十九日（土）になると、突然活字が読みたくなった。副院長でもある内科部長が持って来てくれた文庫本が面白くなかったので、偶然鞄に入れて来た洋書を読むことにした。二十一日（月）になって、点滴の管がすっかり外されてしまってからは、漸くテレビのニュースを観たいという気持になった。

あれは、病室内を自由に動きまわれるようになって、何日目のことだったろう。私はふと、鞄のなかに何がはいっているか、点検したいという気分になった。入院費は、銀行の得意先係に来てもらって、自分で支払っていたので、通帳や印鑑がはいっていることはよくわかっている。だが、そのほかにいったい何がはいっているのだろう。

そこには、例えば住民税の支払通知書があった。入院するとき、机の上にあったものをとっさに持って来たものと見える。期限が大分過ぎているので、延滞利息を付けて、御用納めまでに納入しなければならない。

鞄の内ポケットに入れてあった、予定表代りの手帳を取り出した瞬間である。私はそのポケットの底に、キラリと光るものがあるのを認めた。慶子が最期の際まで嵌めていた、あの翡翠の指環であった。

あのとき、私はこの指環を、鞄のこの内ポケットに入れたきり、今まですっかり忘れていたのだ。何だ、慶子、君はやっぱりここにいたじゃないか、ずっとぼくと一緒にいてくれたじゃないか、と言葉にならない言葉で指環に語りかけると、涙が溢れ出て来た。私はほんの数分の間、その指環を自分の結婚指環の上に嵌めてみた。

平成十一年一月八日（金）、私はけいゆう病院を退院した。以後、二月、三月と予後を養っているうちに、こういう文章も書けるようになった。四月からはまた大学に通い、主として大学院生の研究指導に当る日々が開始された。五月八日（土）には、慶子の遺骨を青山墓地に在るわが家の墓所に納めた。

あとがき

本年一月八日に退院してからしばらく、私は入院中に山積していた家政の処理や、税金の申告の準備に追われていた。

それが一段落してホッとした二月初旬のある晩、突然何の前触れもなしに一種異様な感覚に襲われた。自分が意味もなく只存在している、という認識である。このままでいると気が狂うに違いないと思い、とにかく書かなければ、と思った。

そのとき脳裡に浮んだのは、家内の密葬の日に既に伝えられていた、書くならば本誌にという「文藝春秋」編集長からの依頼である。早速平尾編集長に連絡して、鎌倉の拙宅まで来てもらおうと決心したとき、もの狂おしい気持は嘘のように消え去っていた。

平尾氏は一度ならず再三鎌倉を訪ねてくれたが、そのうちに合意ができたのは、書き上ったときに一挙に全文を掲載するという発表の形式である。つまり、書き上らなければ、私はいつまたあの狂気の恐怖に取り憑かれないとも限らないのであった。

書き出したのは、二月五日（金）の午前中で、原稿が出来上ったのは、三月十四日（日）の午後である。この間病院に通院した一日と、家政向きの用事に費やされた一日とを除いて正味三十五日間、毎日二、三枚ずつ書いて百三枚に及んだ。

はじめのうちは、原稿を書いていると、右利きなのに左の肩の周辺がひどく凝り出して往生した。どうしたものかと、庭師のS親方に相談すると、親方がいった。

「先生は昨年の九月から、丸半年間仕事をしていなかったでしょう。庭師だって半年休んだあとは、到底一日手間はすぐこなせません。軽く半日手間からはじめて、あとは身体を休ませるんです。先生も毎日少しずつお書きなさい。そして、あとは引っくり返って休んでいらっしゃい」

なるほどそんなものかと、忠告に従っているうちに、原稿は着実に進んで行った。そして、完成したものを平尾編集長に渡してしまうと、いつの間にか肩凝りは治っていた。

『妻と私』は、「文藝春秋」平成十一年五月号に掲載された。私がこれまでに書いて来た文章のなかで、これほど短期間にこれほど大きな反響を生んだものは、ほかに一つもない。友人知己のみならず、多くの未知の読者から次々と読後感が寄せられたからである。そのすべてに対して、心から感謝したい。

この作品の執筆中、「文藝春秋」の平尾隆弘編集長には、どれほど励まされ、また慰められたか知れない。出版に当っては、いつものように出版部長の寺田英視氏と担当の村上和宏氏の手をわずらわせた。

いや、出版だけではない。両氏は、ここに語られているほとんどすべての時期と局面を通じて、私の心身を強く、そして優しく支えつづけてくれた。それについては、御礼の言葉もない。ただその事実を記して、微意に替えるのみである。

平成十一年五月十三日

江藤　淳

幼年時代

プロローグ　鏡掛け

二階の六畳に遺された家内の姿見には、当然のことながら鏡掛けが掛っている。

この部屋は、家内が化粧部屋にしていた部屋で、箪笥が幾棹かあるほかに、片隅には洋風のドレッシング・テーブルも置いてあるので、まだ世帯を持って間もない頃に購《もと》めた和家具の姿見が在ることには、何の不思議もない。

ただ、私の心に一種特別の感慨を喚び起すのは、その鏡掛けの作り方である。

表は、家内が若い頃に愛用していた紅型《びんがた》の着物の残り裂だが、裏というのか、姿見に掛る部分で縫い合わされて袋状になり、鏡掛けを支えている裂地は、一見して七、八十年は経っていることがわかるお召の端裂で、大きな縞柄にあやめの花が一つ、染め分けられて浮んでいる。

「これはまた、ずい分古風な端裂だなあ。いったいどうしたの?」

と尋ねると、

「あなたのお母様のお召物の端裂よ。私のと合わせて使ってみたの」

と、家内は答えた。

「そんなもの、どこに残っていたのだろうね。戦災ですっかり焼けてしまったと思っていたのに」

「叔母様にいただいたの。叔母様がこっそり私に下さったのよ。あなたのお母様のお形見だから、大事になさいって」

家内は真顔でいった。

この「叔母様」というのは、私の父の実妹のことである。八十六になっていて、足は弱ってはいるが、頭脳は依然として明晰で、鎌倉に住んでいる。

それにしても、何故家内がこの時期に、自分の若い頃の着物と私の生母の形見の着物の端裂を縫い合わせて、新しい鏡掛けを作って置こうという心境になったのかは、よくわからない。もともと家内は料理のほうが裁縫より好きでもあり、得意でもあって、特に晩年は、自分から和裁の針を持とうとしたことなど、ほとんどなかったからである。

しかも、それは確か平成十年の一月、七草明けからそれほど日も経っていない時分のことで、家内が不治の病におかされているのを私が知るひと月前ほどの頃に過ぎない。あるいは脳に転移していた腫瘍のせいで、右手の指先に異常を感じはじめていたために、家内は簡単な和裁を試みて、手先の訓練をしてみようとしたのだったのかも知れない。

だが、そのとき彼女が、自分の着物と逢ったこともない私の生母の着物の端裂を縫い合わせて、それを私に告げたというのはどういうことだったのだろう。

体調を崩してはいたものの、末期癌で余命いくばくもないことなど、全く知らなかったはずの家内が――そんなことをいえば、その当時は私も家内の病名を誰からも聞かされてはいなかった――、

「あなたのお母様は、あなたの幼い頃に逝っておしまいになった。私ももうす

ぐあなたを残して逝かなければならないから、この鏡掛けを二人の着物でつくったのよ」

などということを、思いつくはずもない。

いや、思いつきはしなかったけれども、家内は、それにもかかわらず遠からず自分と私とのあいだに起らなければならないことを、深く、鋭く感じ取っていたのだったろうか。

そして、私にとってかけがえのない二人の女が、いずれも私を残して先に逝かなければならないという運命のいたずらを、一枚の鏡掛けによって示そうとしていたのだろうか。

そういえば、叔母がいっていた。

「お母様が生きていらっしゃればよかったのに、お亡くなりになってからあなたはずっと不幸だった。どうしてこんなに不幸なのだろうと、いつも思っていましたよ。それが結婚して、やっと世間並になったと胸を撫で下していたのに、今度はお嫁さんが先に逝ってしまった。あなたっていう人は、本当についていていないのね」

なるほどそんなものかということが、おぼろげにわかり出したのは、家内の死後、看病疲れから自分も敗血症になって入院し、生死の境を彷徨しているあいだだった。

もし生命があったならば、自分の人生がどんなはじまり方をしたのかを、見詰め直してみたい。そして、それがどんな終り方をしようとしているのかと、できるだけ正確に見くらべてみたい。

そう考えていると、病室の空間に、幼い頃の自分の姿が、幾度も浮び上っては消えて行き、また浮び上っては消えて行った。

一、声

母が亡くなったのは、昭和十二年六月十六日のことだから、もう六十年以上昔のことになる。

人間の心というものは、よくしたもので、六十年もの歳月が経過すると、かつてはあれほどの哀しみを湧き出させていた出来事も、さすがに茫々とした過去の時間の彼方に霞んで、そんなこともあったのだ、そういえば自分は生母を幼い頃に亡くしたのだったと、ときどきほとんど淡白な気持でふと思い出すだけになっていた。

だが、それは、そのときまだ家内が健在だったために、そう錯覚することができただけだったという心のからくりが、家内が死んでしまった今となっては、いやというほどよくわかる。母と僅か三つしか年齢の違わない叔母は生きていて、私は叔母に自分の気持を伝えることができるのに、母には何一つ訴えかけることができないのである。

家内に死なれて、私がどれほど途方に暮れたかということ。その直後から私自身も病に冒され、死に瀕しながら辛うじて生還して来たということ。そのおかげで、去る五月には青山墓地のわが家の墓所で墓前祭を行い、家内の納骨を済ませて、漸く半年振りで葬儀万端を終えることができたということ。そして、現実それらのことどもを、こまごまと母に語りかけて報告したい。

に叔母がそうしてくれたように、

「あなたは一人ぽっちになってしまったのに、本当になにからなにまでキチンとよく取り仕切ったのね」

と、できるものならねぎらってもらいたい。

淡白などころか、今ではそういう切ない願望が胸から溢れ出ようとしているのに、私には母の声はよく聴えない。四十一年半の歳月を一緒に暮した家内の声は、忘れようとしても到底忘れることができないけれども、私には母の声のはっきりした記憶が喚び起せないのである。

なんでもそれは明るい澄んだ声で、落着いたメゾ・ソプラノだったような気がする。ただ一つ戦災を免れた幼い頃のアルバムの、父のカメラで撮ったスナップ写真の姿からしても、そういう声が一番ふさわしいように思われるが、六十年以上前、私が四歳のときに亡くなった母の声の記憶がおぼろげなのは、いかんともなしがたいことなのかも知れない。

しかし、幸いにも母の書き残した文字は現存している。父の死後、義母が高齢になって一軒の家を維持するのが負担になり、東京都区内北端のケア付きマンションに移り住むようになったとき、整理した父の遺品のなかから一冊の小さな手帖が出て来た。その手帖を秘かに持ち帰って、私に手渡してくれた者こそ、当時義母を扶《たす》けて、大車輪で家の整理に当っていた家内であった。

「中味はよく読んでいないけれど、きっとあなたのお母様のものだと思って、持って来たわ」

と、そのとき彼女は、まるで宝物でも見付けて来たような誇らしげな表情で、その手帖をハンドバッグから取り出したものだった。

それは昭和十一年版の三井銀行の手帖で、行員用と思われる黒革製の小型のありふれた手帖であった。頁を開いてみると、細かい女文字でいろいろと家事向きのことが書き付けてある。しかし、そのときは義母の移転と父の遺した家の処分の最中でもあり、なんだか読むのが辛いような気持がして、私は手帖を父の他の遺品と一緒に蔵ってしまった。

きっとそのうちに、この手帖を熟読しなければならない日がやって来る。それがどんな日か全く想像できないままに、私はそんな予感を覚えていた。

ところで、この手帖の存在をふと思い出したのは、ごく最近、母の声がどんな声だったかを、漠然と記憶の奥底にたずねていたときである。そうだ、声はよく思い出せないけれども、母の書き遺した文字がある。あの手帖を開いてみよう。文字に触れ、書き付けてある事柄を判読してみるだけでも、わかることが少からずあるはずではないか。

もちろん手帖はすぐ出て来たが、それとともに思いも寄らないものが、旧い遺品の数々を包んである袱紗のなかから出て来た。母の手紙である。それも四通もあって、そのうちの三通は広島県の呉市に、最後の一通は目黒区の緑ヶ丘に送られている。すべて母に取っては小姑に当る父の姉、海軍大佐久我《くが》大三郎夫人の秀子《ひでこ》に宛てられたものである。

緑ヶ丘の久我家は、辛うじて戦災を免れたので、今は故人となってしまった伯母は、二十七歳の若さでこの世を去った弟の嫁、つまりは私の母だった江上《えがみ》寛子《ひろこ》の手紙を、大切に保存していたらしい。その四通の手紙をひとまとめにして、伯母が当時はまだ東京の市ヶ谷に住んでいた私宛に、郵便で送り届けてくれたのは、昭和五十四年、私の父江上堯《たかし》の一年祭が済んでから数ヶ月のことである。

このときも、父に遺言されていた墓所の改葬を一年祭に間に合わせなければならず、秋には米国ワシントンの研究所に赴任する予定もあって、私の身辺は少からずあわただしかった。

したがって、どうやら私は、伯母がわざわざ届けてくれた母の手紙を、詳しく読みもせずに、そそくさと遺品を入れた袱紗に包み込んでしまったものらしい。いずれもっと落着ける時期が来たら、これらの手紙をよく読んで母を偲ぼう。それは懐しく、淡い悲哀を含んだ感情ではあったが、どちらかといえば切実さを欠いたものにとどまっていた。

しかし、今は違う。私は、差当り手帖はそのままにして置いて、日付の旧いものから順番に、母が伯母に書き送った手紙を読みはじめた。最初のものは、私が生れてまだ間もない頃のものであった。和紙の長封筒に収められた長文の手紙で、三銭の切手が貼ってあるが、手紙の本文は罫のない洋紙に認《したた》めてある。

《遅ればせ乍ら新春の御喜びを申上げます、今年もどうぞ相変りませずよろしくおねがひ申上げます、あまり長々の御無沙汰で一体何からお話いたしてよいのかわからない程でございます、この頃の取わけ厳しい御寒さにもかかわらず皆様御揃ひで御元気との事、何よりと御喜び申上げます。私も色々御心配御かけいたしましたが御かげ様で無事に母となる事ができました、今日ではもうすつかり平生通りにいたして居りますから他事乍ら御安心遊ばして下さいませ、敦夫も引つゞき順調に発育して居ります、生れた時は七百匁しかございませんでしたが其後一日平均十匁位に増しまして只今では丁度一貫匁となりました》

ここで母が、「私も色々御心配御かけいたしましたが」と記しているのは、私の生れる前に女児を流産したことがあったのをいっているに違いない。鎌倉の叔母の話では、私の場合も陣痛の激しい難産だったらしく、それでいて生れた私の体重は「七百匁」に過ぎなかったのである。

いや、実はそれが「六百三匁」という貧弱な体重であったという事実を、母の死後私は何度も父から聞かされたことがある。一方、父はそのことを一度も私に話さなかったけれども、父は母が「無事に」分娩できるかどうかよほど心配だったようで、まだ未婚で家にいた妹（つまり鎌倉の叔母）を、無理やりに病院に連れていって、二人で母の手を握りしめて苦痛に耐えている妻を励ましつづけたという。

《昨日はわざ〳〵御祝の御品迄御送りいたゞきまして誠に〳〵有難う存じました、尚子《ひさこ》様の御丹精の御品までも頂戴いたしまして本当に厚く御礼申上げます裏までもいろ〳〵御取揃へ下さいまして早速仕立て早く着せ度いと思つて居ります

尚子様は本当に御裁縫が御上手でいらつしやいますね、昨日皆でつく〴〵感心いたしました、あまり御立派に御仕立てがしてございますので、御母上様ももう尚ちやんがこんなに縫ふ様になつたと　大変喜んでいらつしやいました、敦夫は模様のメリンスの着物を一枚しか持つて居りませんでしたので早速着せる事にいたしました、本当に何よりの御品を誠に有難う存じました、どうぞ尚子様にも、いづれ御礼申上げますが御よろしく御つたへ下さいませ（中略）》

「尚子様」というのは、久我大三郎・秀子夫妻の長女で、当時は県立女学校の

最上級生だったが、のちに東大西洋史教授江里口牧郎《えりぐちぼくろう》に嫁し、未亡人となって齢を重ねた今も鵠沼《くげぬま》で元気に暮している。

その頃伯父の大三郎は、呉鎮守府に勤務していたが、予備役編入直前の長期出張中で、どうやら家にはいなかったらしいことが母の手紙からうかがわれる。母は、叔母佳子《よしこ》とともに同居していた、父の末弟の東京帝大法学部生、裕《ゆたか》の近況をも報じている。

《……この頃は裕様の就職の試験がぼつ〳〵はじまり何となしに皆落付かぬ様でございます、昨日は正金、今日は興銀の御試験でございました、佳子様の御縁談も進みかけて居ります、昨日長田様に有田様の小父様が御二人を御つれになつていらつしやいました、今度こそ御姉上様御上京の日も御近い事と信じて居ります》

江上家の総領息子の嫁として、年齢のあまり違わない弟妹を同居させている嫂として、母の立場がどのように気苦労の多いものだったかは、容易に想像できる。

それに加えて、前の年までは豊多摩郡大久保村と呼ばれていた東京市淀橋区大久保の江上家には、勿論「御母上様」、つまり海軍中将江上保太郎《やすたろう》の未亡人兼子《かねこ》がいた。母の手紙に「有田様の小父様」とあるのは、初期の海軍兵学校でクラス・ヘッドだった保太郎とは同期の、有田海軍大将のことである。

母寛子は、海軍少将宮部《みやべ》富三郎《とみさぶろう》の次女だったが、何故か有田大将を仮親として江上家の長男堯の許に嫁いで来た。そこに兼子の意向が、どのように反映されていたかという点については、残念ながら私は何も聞かされていない。

《……敦夫も大変おとなしく夜も御乳の時に目をさましますだけで、私も大変楽でございます、幸に御乳が今のところ充分でございますので何よりと思つて居ります、時間で（三時間置きに）与へて居りますが、いらつしやる皆様が同じ様に「時間でおあげになるのですか」とおつしやいます、時間を定めてゐると今に母乳の出が悪くなつて三四ヶ月後には足りなくなるからそうでない方がい丶と云ふ方もございます、が一体どうしたものでございませうか、御姉上様は如何遊していらつしやいましたか、のべたらにやりますことは考へものだと思ひますが、あまり時間にしばられずにきちんと与へたらよいのではないかとも存じますが、御ひまの時にお考へを御きかせ下さいませ、この頃は目も大分見えて来た様でございます、耳の方はまだあまりはつきりしない様でございますが、日一日と育つて来るのが見える様で本当に楽しみでございます、どなたでも一目見ておつしやいますが敦夫は本当に御父様似でございます、私が生みました子供とはどうしても思はれません程何一つとして私に似たところはございません》

日本女子大の英文科出身らしく、西洋流に時間を計って、規則的に敦夫に授乳して果してよいものだろうかと、義姉の経験を尋ねているのは、小姑への敬意と配慮でもあろうけれども、母がそれだけこの子の生育を願っていたからに相違ない。

なにしろ江上家の当主に、嫡男が生れたのである。父堯は海軍軍人ではなくて銀行員であり、その末弟裕も「正金」か「興銀」志望の帝大法学部生だったが、祖父江上保太郎は海軍関係者のあいだではほとんど伝説的な逸材とされていたからである。

保太郎は、四十七歳で海軍中将になった同期の首席で、将来の海軍大臣、軍令部長と目されていたのに、大正二年一月、僅か一週間余り病んだだけで肺炎で没してしまった。しかし、その直系の孫が生れたのである。母は敦夫について、やや誇らしげに記している。

《……こちらの御祖父様にも似てゐるとおつしやる方もございます、何しろ本当に男らしい顔をして居ります、皆様に可愛がつていただいてこんなに幸せ者はないと思つて居ります、只今は唯風邪をひかせません様にと注意して育てて居ります、御寒さももう峠をこしたとか申しますが、早く暖になつてくれませんと困つてしまひます、そちらもやはり随分厳しい御寒さでございませう、どうぞ皆様御風邪を御召しになりません様に御ねがひ申上げます、御産以来どちらさまにもすつかり御無沙汰いたしてしまひまして今日この手紙が最初の書きはじめでございます、乱筆乱文書きつらねてしまひましたがどうぞ御許し下さいませ（下略）》

四通のなかで一番日付の旧いこの手紙を読み終ったとき、私は何とも名状しがたい想念が込み上げて来るのを抑えることができなかった。

まだ巻紙に候文の手紙が、さほど珍らしくはなかった時代である。その時代に、和紙の長封筒を用いているとはいえ、罫のない洋紙に万年筆で言文一致の手紙を書いているところには、ハイカラ好みの母の面目が躍如としているという想いも、もちろんある。

雙葉高女出身の義姉秀子が、そういう手紙を容認し、理解してくれるはずだという信頼と安心感が母に在ったことは、疑うべき余地がない。好みはいくらハイカラでも、江上家の嫁となった以上は、外見はいつも慎しみ深く、保守的にしていなければならない。「御母上様」の手前は、殊にそうである。だが、「御姉上様」に対しても、この態度を軽々しく変えてはいけない。

　そういう母の気持は、痛いように手紙からにじみ出ている。しかも、そこに描かれている生れたばかりの私の姿は、私の意識にも記憶にも、何の痕跡も残していない貧相な赤ん坊である。その赤ん坊を、母は母親の眼でさばを読み、「七百匁」で生れて「一貫匁」になったといい、「大変おとなしい」といい、「御祖父様にも似てゐるとおつしやる方」もあると告げ、「本当に男らしい顔をして居ります」と、親の欲目を十二分に発揮しながら活写している。

　自分のことを他人事のように、へえ、そうか、やっぱりそうだったのかと、はじめて生みの母の筆で知らされるという驚ろきと喜びと哀しさが、胸に溢れないはずはない。しかし、それにも増して意外だったのは、この手紙の行間から、母の声が聴えて来たという事実である。

　何度読み返しても、いや、読み返すたびにその声は、私の耳の奥に聴えて来た。それは落着いていて、知的で優しく、明かるい張りのある声であった。私はもう、母の声をよく覚えていないなどとはいえない。手紙を読み返すたびに、それは甦って来る。読み返さなくとも、私はその声を忘れることなどできない。私は、母の声を知らない子ではなかったのである。

二、初節句

　ところで、義姉久我秀子《くがひでこ》に宛てた他の三通の母の手紙は、いずれも和紙の長封筒ではなくて、女持の角封筒に収められている。ハイカラ趣味をそのまま義姉に示しても大丈夫だという自信が生じたのかも知れず、ひょっとすると秀子自身が海軍士官の夫人らしく、角封筒で返事をくれたのだったかも知れない。

　そこに記されているのは、義弟の裕《ゆたか》の「興銀」入行が内定したので、「本当に〳〵家中一時に春が訪れた様に大喜び」しており、「まして御母上様の御喜びは格別」なこと、卒業試験前に就職が決ったのだから、「裕様もきつと張合のある御試験を御うけになる」だろうということ、「敦夫も其後順調に発育」していることなどである。

敦夫は、この頃から「母乳の外に一日九十瓦の牛乳」を与えられるようになり、そのおかげで「便秘し勝ち」だったのが解消したらしい。また「この頃は大変愛嬌よくなつて参りまして顔をみましては笑ひお話をいたす事もございます」と、母は報告している。

《……もう入浴の時など大変な元気でございまして私一人の手ではもてあましてしまひますのでいつも御母様か佳子様に手伝つていたゞいて入れて居ります、御風呂桶も特大のを求めたのでございますがこの頃は桶に一パイに背がのびてしまひました、皆様にそれは〳〵可愛がつていたゞいてこんな幸せ者はないといつも考へて居ります（下略）》

これが母の手紙から浮かんで来る、生後二ヶ月の私の姿である。それにしても、このとき私は、どんな「お話」を母にしたのだったろう。自分が母の顔を見分けていかに満足しており、此の世にも稀な「幸せ者」だと感じていることを、音節だけがあって意味の定まらない言葉（?）で、懸命に表現しようとしていたのだろうか。

一方、母はといえば、その「お話」の意味するところを、いうまでもなく十二分に理解していたに違いない。それはもとより禁止もなければ、検閲も存在しない世界である。無論私は、この頃のことを何一つ覚えてはいない。しかし、他の乳児たち同様に、自分にもかつてはそういう世界が確実に在ったのは、まぎれもない事実なのである。

当時母は二十三歳で、結婚してからまだ満二年にもならない未経験な若妻である。敦夫の入浴を「もてあまし」たのも当然だが、そのとき祖母だけではなく、未婚の義妹佳子が手伝ってくれたという事実は、この手紙ではじめて知ったことであった。

そのほか義姉秀子が、宝塚に出掛けてどうやら少女歌劇を観劇したらしいというような、あまり普断の秀子には似つかわしくない話題も文面からうかがえる。あるいは呉鎮守府所属の海軍士官の夫人たちが、夫の海上勤務中に連れ立って気晴しの旅行でもしたのだったろうか。

別の手紙には、もし尚子《ひさこ》に日本女子大へ進学しようという気持があるなら、自分の母校のことでもあり、「及ばず乍ら私も御手伝ひさせていたゞき度うございます」とも認められている。だが、実際には尚子は、恐らくは伯父の方針で女子大へは進まず、東京に戻ると実践高等女学校の専攻科（現・実践女子大）へ進む道を選んだ。

この年、敦夫のお宮参りが済んだのは四月二十三日だったらしい。母はもちろん祖母に伴われて、「御近所やら有田様（母の仮親、祖父の同期の海軍大将）」その他の大切な交際の相手に、「御あいさつ」に行っている。「天長節（四月二十九日）には新宿の『有賀』と申すところで写真を撮りました」とも、母はこの頃の秀子宛の手紙に記している。

曜日の関係があったのか、初節句が、大賑での内に祝われたのは、五月五日ではなくて八日であった。「えびすより御祖母上様汎《ひろし》様をお招きいたしましてて内輪だけでお祝ひをいたしました、本人の敦夫よりも大人の方が大喜びでございました」とあるのは、祖母の実家久我家（呉の久我家とは別家）を継いだ父堯《たかし》の弟で裕の兄に当る汎叔父が、曾祖母とともに招かれて祝宴に列したことを示している。「えびす」は「恵比寿」にほかならない。

《……本日は世田谷の父母・妹達を御招きしまして御祝する筈でございましたが、あちらの都合がつきませんさうで残念に存じて居ります（下略）》

の「本日」は、五月十日であることが秀子宛の手紙の日付から明らかである。「世田谷の父母」とは、いうまでもなく母寛子《ひろこ》の実家の父である予備海軍少将の宮部《みやべ》富三郎《とみさぶろう》とその妻崇《たか》のことだが、この「母」は寛子にとっては継母であった。寛子は、まだ幼い頃に生母を亡くしていたからである。したがって、「妹達」は、寛子の異母妹たちと異母弟ということになる。

それにしても、祖父の富三郎に敦夫の初節句を祝ってやろうという気持がなかったはずはない。まあ、外孫なのだからいいのじゃありませんか、それに江上のお姑様《かあ》はああいう方だし、宮部家の者があまり出しゃばって見せるのは、却って寛子のためにならないかも知れませんよ、というようなことをいって、富三郎の気持を変えさせたのは、恐らく寛子の継母、崇だったに違いない。

もとより一般的に、継母と先妻の娘との仲が容易にしっくり行くはずもないが、崇と寛子の場合にはそれがよほどこじれた形に屈折していたらしい。それも、傷付くのはいつも初節句の招待のときと同様に無防備な寛子の方で、崇はそういう寛子の隙を狙うようにして、適確に継子に対する自分の優位を思い知らせていたのかも知れない。

というのは、実父宮部富三郎が健在の身でありながら、寛子が有田大将を仮親として江上堯に嫁いだのは、有田大将夫妻が見るに見兼ねて一時期寛子を自邸に引き取っていたためだという話があるほどだからである。江上堯は、有田提督の同期の首席だった江上中将の長男であり、寛子にとって恰好の嫁ぎ先と考えたのも、あるいは有田大将自身の意向だったとも推測できる。

たまたま有田提督は、江上家の未亡人兼子とは、気持の通じ合う間柄であった。その兼子が、江上君の令息が少将の娘というのではお気に召さないかも知れないが、それなら私が仮親になりましょう、兵学校の成績でも海軍の進級でも江上君にはかなわなかったけれども、私の養女分として考えていただけばよろしかろう、器量も頭もよい娘ですから、というように説得されて心を動かされなかったはずはない。

そういう有田大将の言葉が耳に浮ぶほど――生れる前のことだから、私がその言葉を聴いたはずもないが――、母は華やかな印象を与える美しい女であり、聡明でもあった。だからこそ、継母との関係は、あるいは宿命的に摩擦を含んだものとならざるを得なかったのだ、と考えることもできる。

とはいうものの、だからといって崇が聡明でなく、平凡な女だったというわけでは決してない。彼女もたしか初期の日本女子大家政科に学んだはずであり、その縁で継娘の寛子も同じ学校の附属高女に入学し、その儘大学の英文科に進むことになったからである。

したがって、崇と寛子との関係のもつれには、単なる学歴や教養の程度には還元できない、もっと本能的な愛憎が隠されていたような気がする。それはいわば、華やかでよく目立つ美しい女に対する、そうではない地味な女の反感、嫉妬とでもいうべきものである。華やかで美しい女が、そういう自分の危うさを自覚していなければいないだけ、当然地味な女の敵意は研ぎ澄されるのである。

初節句を迎えたばかりの敦夫には、そんなこみ入った事情がわかるわけはない。なにしろ「本人の敦夫よりも大人の方が大喜び」と、寛子自らが記しているような祝宴である。宮部家の人々の不参が、また一つ寛子の心の深部に傷を与えていたことなど、世に在ってまだ半歳という敦夫に、感得できたはずがあるだろうか。

しかし、秀子に宛てた寛子の手紙に、あっさりと「あちらの都合がつきませんさうで残念に存じて居ります」とだけ記されていることからも明らかなように、寛子は敢えてその事実を小姑の秀子に打ち明け、自分はただ「残念」に思っているだけなのだと、自分にいい聞かせようとしているようなふしも見受けられないわけではない。いじめられている子が、その事実を否定したり、取るに足らないことのようにいいつくろって、自分の心の傷を秘かに嘗めようとするのと同じように、寛子もまた崇の拒否の影響を、「あちらの都合」とさりげなくいなすことによって、最小限に止めようとしていたのかも知れない。

もし寛子が、江上家に嫁し、その嫡男を挙げていなければ、あるいはこういういい方はできなかったとも思われる。また、もし久我秀子という心を許せる義姉が存在しないとしたら、崇の拒否が寛子に与えた傷は、もっと大きなものになっていたはずだと考えることもできる。

ことほどさように、このとき二十三歳の若妻に過ぎなかった寛子は、江上家の家族になり切っていた、いや、少くともなり切ろうとしていたのである。逆にいえば、宮部家における寛子は、心細く孤立していて、見るに見兼ねた有田大将夫妻が「避難所」を提供しなければならないと決意したほど、頼るべきもののない場所に追い詰められていたものとも推測される。

江上堯との結婚は、そういう寛子に、新しい生と生活の希望を与えたのである。一方、堯は、海軍士官にこそならなかったものの、私大を首席で卒業して三井銀行に勤務し、兄弟で一番の美男でもあったので、寛子の気に入ったに違いない。

しかも堯は、十二歳で青南小学校六年生のときに父保太郎を喪って以来、未亡人の兼子の下で江上家の長男として、他の姉妹や弟たちの知らない重荷と孤独感に堪えて来た青年であった。そのような堯にとって、いつも自分だけが頼りという素振りを示している新妻の寛子が愛《いと》しくないはずはない。そして、寛子にしてみれば、文字通り頼りになるのは堯一人であり、今や二人の間に生を享けた敦夫の存在そのものというほかなかった。

敦夫の初節句は、少くとも寛子にはそれだけの意味を持っていたはずである。それは当然、江上家の嫁としての自分の立場を、格段に強化するものでもあるはずであった。堯はもとより寛子にも、今やそれまでにはなかった自信が生じつつあった。

その事実を示す一枚の写真が、私の手許に在る。母の手紙と一緒に、伯母の秀子が送り届けてくれたもので、当然セピア色に変色しているが、どこかの写真館で撮影したものと覚しい。伯母はこの写真をわざわざアルバムから剝して、私に送ってくれたのである。

この写真は、まるで当時の活動写真のスティールでも見るような風情に撮れている。三ッ揃いの背広を着た父は、やや斜に構えて肘掛椅子に坐り、母はその父に倚りかかるようなポーズで、椅子の肘に身を預けているからだ。その母は、いかにも幸福そうに微笑を浮べている。

父と母の、お互いに深く倚りかかり合っている愛情の姿勢を、その儘に写し出しているこの写真が、しかし実は映画のスティールではなくて現実の夫婦のものであるというところに、今日六十代になってそれをしみじみと眺めている私には、ある問題が潜んでいるように思われてならない。つまり、殆《あやう》いかな、という心情を禁じ得ないのである。

夫婦が愛し合い、幸福であって悪いということはない。そして、溢れ出る幸福感のあまり、その姿を写真にとどめて姉や弟妹、つまりは敦夫のために残そうとした気持も極めて自然である。だが、それにしてもこの写真の夫婦は、少し幸福過ぎるように撮れていはしないだろうか？　スマイルさえしていれば何でもうまく行って、成功間違いなし、と万人が信じているアメリカでなら別のことである。だが、ここはアメリカではなくて、昭和初年の日本ではないか。しかも、父は三ッ揃いの背広を着用しているけれども、母は訪問着に帯を胸高に締めた若奥様風の和服姿で、そこにはアメリカニズムの片鱗だに見受けられない。だからこそこの写真からは、国境を越え、文化や習俗の差異を超えて、愛し合う夫婦の幸福感が漂い出て来るように感じられるのだ。

しかし、好事魔多し、というではないか。天魔に魅入られる、という言葉もあるではないか。それほどこの幸福な父母の写真は、私にはいかにも無防備なものに見えてならない。それとも人間というものは、こういうときとかく無防備になってしまうものなのだろうか？　のちに敦夫の結婚生活が、結局は父母の運命を繰り返してしまったように、あの鏡掛けが暗示するような血縁の宿命は、絶ち難いというべきなのだろうか。

それはともかくのこととして、自明な事実は、寛子が単に江上堯の妻というだけではない存在だったたという点である。彼女は同時に江上家の嫡男の嫁であり、嫁として「御母上様」、つまり姑である兼子に仕えなければならないという役割を負わされていた。そしてその故にこそ、彼女には、実家の宮部家で崇とのあいだに経験した緊張を、婚家先でも繰り返さなければならないという可能性が待ち構えていたのである。

何よりもこの可能性に対して、少くとも写真に姿をとどめている寛子は、あまりにも無防備であった。いや、彼女自身の意識のなかでは、母はとうにこの可能性に気付いていたに違いない。それでも江上家には、頼りになる夫の堯がいる。それに、なんと幸せなことか、今や敦夫が誕生したではないか。嫁として落ち度があってはならないけれども、しばらくは妻として、母としての喜びに身を浸していることも許されるのではないだろうか。

不幸であったと感じている人間ほど、幸福を得たときの喜びは大きい。寛子も、そして堯も、それぞれがそれまで不幸だったと感じていたからこそ、幸福の表現は過剰なものとならざるを得ない。ところが、この過剰な幸福の表現に、それほど不幸でもなければ幸福でもない周辺の人間は、しばしば堪えられないのだ。

その周辺が他人であれば、いくら辟易しても、顔をそむけたり、陰口をたたいていればよい。だが、他人というわけではなく、いわば必然的に寛子とも堯とも、切っても切れない関係にある人間だとすればどうだろうか。

義姉の秀子は、予備役編入を間近かに控えた夫の大三郎とともに、自らの家庭を営んで呉にいる。やがては東京に戻って来るにしても、この小姑が積極的な敵意を抱くおそれはない。義弟の汎は、恵比寿の久我本家の当主になり済ましているので、温和な性格のこととてやはり寛子が警戒しなければならぬ相手とは考えられない。

同居している義弟の裕は、帝大卒業と興銀入行という自分の人生の出発点に立っている身で、ときどき眩しそうに嫂の姿を眺めてはいるが、その輝きが江上家を充たしているのに満足しているように見える。

そして、義妹の佳子はといえば、憧れの眼で三つ年上の嫂を見上げ、新しい家族の到来を心から歓迎している様子である。なにしろ佳子は、いくら堯に頼まれたとはいえ、敦夫が生れるとき、陣痛に苦しむ寛子の手を握りしめて励してくれまでしたのだから。

いうまでもなく、問題は、姑の江上兼子その人に集約されていた。継母との関係と同様に、姑と嫁の関係が難しいのは、なにも江上家に限ったことではない。東西両洋の童話や説話に繰り返して語られているほどだから、ほとんど人類普遍の永遠の問題といってもよいくらいだが、兼子と寛子との場合にはそれが極めて尖鋭に現われ兼ねない可能性を含んでいた。

兼子は、三十代の終りで寡婦となり、女手一つで五人の子供を育て上げたという誇りを拠りどころにしている。海原《うなばら》中学校の創立者で、自ら校長として海軍士官志望者の育成に当っていた父の予備海軍少佐、久我欣三郎のなにくれとない支援があったとしても、これはまぎれもなく海軍兵学校のクラス・ヘッドの未亡人にふさわしい功績ともいえる。兼子が文字通り江上家の女家長、家政の中心と強く自任していたのも当然といわなければなるまい。

しかし、その兼子の身近に、いや彼女自身の家に、若く、華やかで美しい寛子が嫁いで来たのである。しかも寛子は、日本女子大英文科卒業という新時代の教養の香りと語学力まで身につけていて、たちまち江上家の人々を魅了してしまったかに見える。

西洋風の教養という点については、創立当初の東京女学館で、カルクス夫人やマクレー嬢などという英国人女教師たちに学び、特にマクレー嬢に可愛がられて「御愛子さま」という渾名まで付けられたという兼子が、なにも寛子にひけ目を感じる必要などなかったのかも知れない。

なにしろ晩年にいたるまで、「トマト」を「トメイトウ」と発音しなければ気が済まなかった祖母のことである。洋服こそ一度も着用した形跡はないが、「ホワイト・ソース」を「白ソース」と呼んで、ホテルでのフランス料理の食事を楽しみにしていた。そのような兼子が、洋風の教養の一片だにない嫁を、そもそも許容したはずはない。

そういえば、私は、洋服を着た母の姿も一度も見たことがない。母はいつも江上家の嫁らしい和服姿で、私に微笑みかけたり、手を引いてくれたりしていたからである。女学生時代、あるいは女子大生時代にいくら級友たちから「モダーン」な娘と目されていたとしても、江上家に嫁いでからの寛子には明らかに覚悟があった。江上家の家族になる、いやなり切りたい、という覚悟である。

おぼろ気ながら、私には、母のクラス会に連れて行ってもらったような記憶がある。そこで、はじめて洋装の女性を身近かに見たので、

「どうしてお母ちゃまは洋服を着ないの？」

とたずねると、母はためらう様子もなく、

「私には似合わないのよ。似合う人と似合わない人があるの」

といったような気がする。

これは本当の記憶だろうか、それとも私がいつの間にか勝手につくり上げてしまった記憶なのだろうか？　どちらともつかないが、私には母に連れられて

クラス会に行ったことがあるという、漠然とした記憶が脳裏に潜んでいるのである。

したがって、いうまでもなく問題は、それにもかかわらず寛子が目立ち過ぎる、いや敢えていえば堯の妻であり過ぎる、というところにあった。夫婦仲のよい嫁を迎えたのが悪いことであるはずがない。しかし、堯は寛子を熱愛し、寛子はその愛を受けて光輝やかんばかりである。

あの親孝行で心の優しい長男の堯が、帝国ホテルで開催されたミッシャ・エルマンやハイフェッツの演奏会に、一枚十円の入場券を買って自分を連れて行ってくれた堯が、自分以上に大切に想う女が出現することなどあり得るのだろうか？

これがおそらく兼子の、心の深いところに生じた違和感であったに相違ない。しかし、その違和感、あるいは不快感は、たちどころに噴出することはなかった。いかに難産の果てで、六百三匁の貧弱な赤ん坊とはいえ、とにかく寛子は「お祖父様にも似てゐる」という人もある敦夫を生んだのである。江上家の女家長として、兼子がこの慶事を喜ばないということはあり得なかった。

兼子にとってもまた、敦夫の初節句は、このような意味合いを含んだ出来事であった。もとより、私は、当時のことを何一つ憶えているわけではない。六十代の半ばを過ぎて家内を喪い、たてつづけの大病で自分も身体の自由すら失った現在、母の手紙を手掛りにして江上家のその頃の状況を復元してみたというだけのことである。

敦夫の意識は、当然家の中の隅々にまでも及んでいなかったはずで、大人の世界に見え隠れしている心理の葛藤などは、その埒外で起っている些事に過ぎなかった。言葉の意味を知らず、自分も言葉を正確に発音できる発育段階にいたっていない。しかし、その世界は母との「お話」に充たされていて、そこには幸福と安息しかなかった。

呉にいた久我大三郎は、予想通り大佐で予備役に編入され、十月には東京・目黒区の緑ヶ丘に新築した家に移り住んでいたらしい。十月十四日付の母の手紙は、記している。

《昨日は御疲れのところ、一日楽しく遊ばせて頂きました上沢山においしい御馳走まで頂戴いたしまして誠に〳〵有難うございました、何から何まで楽しかつた事ばかりで、いつも〳〵皆様におやさしくして頂きますので本当に何と御礼申上げてよいかわかりません、

御かげ様で敦夫もあんまり遊せて頂きまして今朝も昨日のお話で大賑ひでございました、昨夜は駅につきますや否やねてしまひまして、今朝まですつかりねこんで居りました、気の故か顔色もずつとよくなりまして本当に皆様の御かげ様と重ねて厚く御礼申上げます、何卒御兄上様尚子様にもくれ〴〵も御よろしくお伝へ遊して下さいませ、

御母様にもいつも〳〵不行届ばかりでございまして本当に御申わけなく存じて居りますが、この度は大変長い事いろ〳〵と御世話様頂きまして、さぞ御喜びの御事と存じ上げて居ります、(下略)》

いったい人の記憶というものは、何歳まで遡ることができるのだろう。私はその頃の緑ヶ丘の久我家をはっきりと憶えているけれども、それはもとよりこの初訪問の記憶であるはずがない。それから終戦直後にいたるまでに、何度となく訪れているうちにかたちづくられた記憶だが、それによると久我家は、ちょうど東横線の府立高等（現・都立大学）と自由ヶ丘の中間に当る小高い場所に建てられた、なかなか堂々たる家であった。

府立高等の駅で降りて、自由ヶ丘に向う線路の右側に在る細い砂利道をだらだらと登ると踏切に出会う。その踏切を渡ったところには、大きな農家があった。市中の住宅とは全くたたずまいの違う農家というものを間近かに見たのは、これがはじめてではなかったかと思う。

その辺りには、今から思えば下肥の匂いが漂っていたが、農家の角を曲って下り坂に差しかかると、風景が一変した。左側には和洋折衷の伯父の家、その斜筋向いには東大助教授の建築家、T氏の洒落た西洋館があって、田園の名残りが、たちまち都市近郊の新しい住宅地の眺望に変ったからである。

海軍士官が、自宅を構える土地として選んだのは、明治時代後期には青山、隠田辺りが通例であった。祖父江上保太郎も、佐世保鎮守府参謀長から本省に戻り、人事局長に栄進した海軍少将の頃、青山高樹町十二番地に自邸を建てている。私は、もちろんこの屋敷を知らないが、祖父の柩は、この家から砲車に挽かれて最寄りの青山斎場（現・青山葬儀所）に向ったのである。

それが、昭和の初年になると、目黒、世田谷辺りにまで拡がっていたことが、久我大三郎大佐、宮部富三郎少将の居宅の場所から看取できる。久我大佐は目黒区緑ヶ丘、宮部少将は世田谷区太子堂に居を構え、それぞれ環状線の外側に出ている。いうまでもなく、関東大震災以後の、東京の西南方向へのスプロールと軌を一にした現象にほかならない。

そんなわけで、緑ヶ丘の久我家は、恵比寿の久我家と区別して、「緑ヶ丘」という地名で呼ばれていた。恵比寿の久我家のほうは、当然「恵比寿」である。両家のあいだには、姻戚という以外に何のつながりがあるわけではなく、「恵比寿」が江上家同様に佐賀藩士の出身であるのに対して、「緑ヶ丘」は長崎の御用商人を父としていた。

　それにしても、ただ一冊だけ戦災を免れたあのセピア色のアルバムには、「緑ヶ丘」の従兄たちに遊んでもらっている三歳ぐらいの私のスナップ写真が、何枚も残っている。私が「記憶」と思い込んでいるものは、あるいはこの写真の映像に過ぎぬものなのかも知れない。

　そのなかで、写真ではないことがはっきりしているのは、母にお仕置を受けて、押入れの上段に入れられたときの記憶である。そのとき、母は、幼い敦夫を軽々と抱き上げて、

「そういう悪い子にはこうしてあげます。しばらくはいっていらっしゃい」

　と、押入れに入れてしまった。

　そのとき、敦夫が、どんな「悪いこと」をしたのだったかについては、全然憶えていないけれども、暗い所へ押し込められるのがいやで、恐怖にかられたことだけは、今でもよく憶えている。

　だから母は、決して単に敦夫を溺愛したというだけではなかったのである。

江上家の嫡流を継ぐ「お祖父様」似の子供として、立派に育て上げなければならないという自覚は、おそらく兼子にも増して強かったのである。

その上、いくら堯の妻である幸せのために無防備になる瞬間があったとしても、寛子は敦夫の記憶が生じる前ですら、片時も兼子の存在と視線を無視したことはなかったものと思われる。


《……御母様にもいつも〳〵不行届ばかりでございまして本当に御申わけなく存じて居りますが、この度は大変長い事いろ〳〵と御世話様頂きまして、さぞ御喜びの御事と存じ上げて居ります、（下略）》

というような秀子宛の手紙の言葉は、多分小姑への社交辞令という以上の意味合いを含んでいたに違いない。

実の娘の新築の家に招かれて、例になく上機嫌で寛いでいる兼子の姿をまのあたりにした寛子が、自分の嫁としての「不行届」に、あらためて思い至ったのは不自然ではない。母はその点で、あまりにも素直であった。つまり、「不行届」は努力によって行き届かせることができると、確信し過ぎているようなところがあった。

それが兼子とのあいだで、心理的に果して可能であったかどうかはまた別として、寛子の確信、女子大流にいうなら「信念」を実現させるためには、少くとも健康でなければならない。私は、以前寛子の女子大時代の学籍簿の写しを一見したことがあるが、その健康の欄に「強健」と書かれているのを見て、胸を衝かれた。逆にいうなら、「御母様」との平衡状態は、寛子の健康が維持されなければたちどころに崩壊しかねなかった。

初節句のときには、もとよりそれは維持されていた。その翌年も、翌々年も、維持されているかのように見えた。

〈絶筆〉

追悼

江藤淳氏を悼む

福田和也

二十一日の深夜、西御門の路地を曲がると、地面から轟音が響いてきた。夕方に鎌倉の山に降った豪雨が、漸く暗渠《あんきょ》に流れこんできたのである。なぜか、貴船川を詠った和泉式部の歌を想い起こした。この深く暗い轟きは、江藤氏の耳朶に響いているだろうか。

訪れる度に、常に多彩な客たちに華やいでいた江藤邸は閑散と数人の編集者がいるだけであった。主の身体もまだ還っていなかった。

■

江藤淳氏は、「弱さ」の文人であった、と今思う。その「弱さ」故に、「弱さ」を抱えながら、背筋を伸ばし、胸を張り、誰もが自分の任ではないとする責務を、どのような勇者も尻ごみするような責務を引き受けてきたのが、江藤淳という人だった、と。

江藤氏は、四歳の時に母上をなくされた。先の大戦において、母上の記憶が滲んだ大久保の家を焼かれ、銀行員であった父上の暮らしは崩壊した。十条のトタン屋根の急造バラックの生活で江藤氏は結核を悪化させ、失われた健康は、その後けして万全なものにならなかった。

祖国の敗北は、海軍黎明期の功労者であった曾祖父、山本権兵衛の腹心であった祖父と緊密に結びついた明治国家の崩落に他ならなかった。氏は、秩序と価値の階梯が崩壊する様を思春期の初めに目の当たりにした。多くの喪失を若くして経験した江藤氏は致命的な「弱さ」の烙印を押されたのである。

「弱さ」を前にして江藤氏は、恨みの、慰藉の歌を口ずさむことをしなかった。江藤氏は生き続ける事を選んだのである。なぜなら、生きる事は、死者たちとの約束を果たす事にほかならないから、と夭折した親友山川方夫に捧げた文章で語っている。

■

批評の代表作『成熟と喪失』のなかで、江藤氏は喪失を凝視し、喪失を嘆くのではなく、喪失を宿命として受け止め、浸食されつつある現実を少しでも持ちこたえるべく、絶望的な努力を倦まず続ける治者となる成熟の経路を示している。

江藤氏は、自らを甘やかす事、甘やかされる事を唾棄した。保護される事を拒否して、保護を与える者になろうとした。

このような江藤氏の姿勢が、誰もが庇護を求め、些細な傷も他人に責任を転嫁し、慰めをもとめる戦後の日本において、異様に映ったのは仕方がないことかもしれない。だが江藤氏は大勢に媚びる事なく、この小児だらけの国で、治者たり続ける事を貫いたのである。『閉された言語空間』などで氏が、占領期以来継続している日本人の言語の歪みを訴え続けたのも、江藤氏が誰に課されたのでもない責任感のためであった。

人は、その剛直な姿勢の中に柔らかく、脆い「弱さ」が伏蔵されている事、「弱い」からこそ、強い断念を示しているのだ、という事に対して鈍感だった。しかし氏の内奥がいかにデリケートであるかは、漱石の不定形な暗部を鮮やかに抉《えぐ》り出した処女作『夏目漱石』に明らかである。氏は、漱石と同様かそれ以上に暗い精神の地下湖を湛えていた。

氏が自殺をされた、それは氏が死者たちとの約束をもう守る気力がなくなったという事なのだろうか、「弱さ」を前に甘えを断念する事をやめてその誘惑に応じたという事なのか、あるいは自らすすんで治者であることを放棄したのか。

■

*

ガイドライン問題なども含めて、世情は「保守派」江藤淳が主張してきたように事物が動いているように見える。しかし現在進められつつある「保守」政策のほとんどすべてが偽物である事、つまり「弱さ」を秘めた治者の行為でない事——氏はガイドラインを米国による占領の拡大として批判していた――を江藤氏は明確に認識されていた。氏が亡くなった日、衆院内閣委員会で国旗・国歌法案が可決されたのは極めて皮肉だったと思う。このようにイカサマな手続きで、でっちあげられていく「国家」など、江藤氏はけして認めはしなかっただろう。それは氏の喪失をさらに深くする事態だったのではないか。

＊日米防衛協力のための指針（ガイドライン）が、一九九七年九月に改定されるにあたっての論議を指す（編集部注）。

江藤淳記

吉本隆明

江藤淳が自殺した、そう知らせてくれたのは、いちばんはじめ夜具にもぐりこんでいたわたしのところに、文字放送でいま報道していたよ、と告げにきた家人だった。たいへんな衝撃だった。思わず起きだしてキッチンのテレビを廻した。深夜放送が、江藤淳が風呂場で手首を切って自殺したと真っ先に報じて、次の主題に移っていった。まだ何も新しいことがわからない。直ぐに前後して共同通信文化部長から電話があり、これから直ぐでも明日午前でもいいから、江藤淳について日頃から考えている批評家としての像を語って欲しい、聞き手とまとめには貴方に馴れた部員を寄来してやってもらうという。明日午前に起きる自信がなかったので、これから直ぐ来てくれてよいと答えた。文化部長は挨拶もそこそこに、あわただしく社に向い、わたしはF記者に、その場で思い起せるかぎりのことを、ときどき質問をうけながら、とりとめもなく喋言《しゃべ》った。自由に要約してくれればいいから、ということにした。胸騒ぎがおさまりそうもないので、他人から頂いて飲み残されてあった琉球焼酎をがぶりと飲んで眠ってしまった。

わたしは「文藝春秋」五月号に書かれた江藤淳の「妻と私」という夫人の死を見取った手記を読んで生々しい衝撃が、まだ読後感としてのこっていた。実は読もうと思って雑誌をとっておいたが眼の不自由さと疲れ易さとで、そのうち体調のいい時に読もう、一百枚近くあるかなと呑気にかまえていた。そのうち「文學界」の顔見知りの編集者の人から、江藤淳さんの文章は読んだか、読んだら感想を聞かしてくれないか、と一、二度催促された。その調子が単にいい文章だから是非読めというだけでない響きを感じたので二日がかりで丁寧に読んだ。編集の人から感想を求められてわたしが話したことを申述べてみれば責任を果したような気持になれるかとおもう。

第一に、大へん感動した。しかしこの感動はたくさんの人にすすめて読者として分け合いたいというものではなく、じぶんの胸中だけで納得して、秘めておくような性質のものだ。この感動の質は、他人に読むことをすすめたり、死に至る病気で亡くなってゆく夫人への情愛と共生感を全身にあらわして見舞い、看病し、夫人の死を迎える江藤淳の振舞いを他人に語りはじめたら、直ぐに他人の生死を一場の話題としてもてあそぶ彌次馬になってしまう性質のものと思えた。そう思えた理由を編集者に話したのを覚えている。

ひとつは江藤淳の手記は隙《すき》がひとつもなかった。誤解のないようこの隙ということを説明すれば、がんの宣告を夫人に告げないで、最後まで夫人を励まし、慰め、献身的に見取る江藤淳の姿は、緊密に夫人と結ばれていて感動的であり、あまりの看護の疲労で前立腺炎に陥り、すぐさま排尿困難で入院し、手術をうけて退院するまでを記した手記の後半部は、わたしの経験から類推して、これは大変なことになったな、という重たい感じを与えられた。この手記に描かれている夫人の死と、死まで夫人を寂しがらせないように同伴し、見取り、手をさしのべ、夫人を励ます江藤淳のじぶんの病苦、入院の描写にははたから言葉をさし挿むような余地はない。だが医師や見舞に来た夫人の親友や近親の娘さんは、いわばわたしのような読み手や、雑誌を購入した読者とおなじ立場であり、わたしたち読む者、読んで江藤夫妻の闘病に声援を送るものの象徴であるはずだ。それらの人々は、江藤淳と夫人がいまぶつかっている困難な状態にたいしては、どんなに心情を寄せても第三者であることを免れない。だが江藤淳の手記は、これらの人たちもまた、自身や夫人とおなじように第三者というより当事者のように隙のない言葉だけを口に出し、隙のない振舞いだけが描写されている。この手記について感想をのべたら、わたしは直ぐにひとの生死の境に嘴を入れる無神経な第三者的な彌次馬の位相に陥るほかない。編集者のひとにその旨を説明して、感動しましたが、わたしなどの口を挿む余地はないので、感想をのべるのは勘弁して欲しいと辞退した。

もうひとつ、普段の江藤淳らしくないなと心にかかったことがあった。これも編集者に話したことだが、夫人の入院の準備をしている時期に、愛犬《わんちゃん》を知合いにあずけている。この愛犬は、江藤淳の手記のなかでは行方不明になっていて、かれが入院、手術、退院を述べたあとでも、また連れ戻したことも、散歩の日課をはじめたことも書かれていない。これも江藤淳らしくないな、と少し心にかかった。

江藤淳の手記は、わたしには重たいものだった。夫人を見取るの記に加えて、おなじくらい息をつくのもはばかるような自身の排尿不能、入院、手術それから退院までの記録が後半に加わっていたからだ。かれほど重くはなかったが、わたし自身も前立腺炎のため入院したことがあって、この経験したこともないような痛み（？）、重苦しい不安定感、不快感は、たとえようもない重苦しさで、根こそぎ生きる意欲を奪うように感じられた。大げさだが世の中にはこんな言葉で表現できないような鈍な重い痛さ（といっておく）があるのかとはじめて実感する老苦だった。夫人のがん死を献身的に見取った疲労感と心身の不調のあげくにまるで二重苦のように前立腺炎で入院、手術された。わたしにはこれだけで、なかなか立直るのは難しいことに思われた。ひそかに江藤さん、大変だなと何度もつぶやいて、かれの「病苦」のほどを思いやった。わたしの近来の身体への内向の体験は、改めて老いを生きるのは大変だな、老齢必然ともいえる前立腺の肥大は、老いという自己認識を全体化せずにはおかないこの必然的な病いで、はじめて認識した老いの実体は、他人に説明しようがない。言葉がないのだ。他人に告げられるのは、排尿困難だとか頻尿だとか、冬の夜は身体中が冷えきって辛いもんだぜとか、ようするに薬局の広告みたいなことだけだ。ほんとうの前立腺炎のきつさは、老いということとの心身のきつさとおなじで、他人には告げようがないし、実感しないかぎり判ってはもらえないところにある。わたしは夫人の死を見取って、まるで続きのように前立腺炎にかかって入院し手術された江藤淳の手記を裏読みしながら、天は異様に強大な意志の人に、異様な試練を課すものだという言葉を思い出し、反芻《はんすう》していた。

翌朝、明けてから共同通信のF記者から、「毎日新聞」に遺書が掲載されています。読みましょうかといって電話の向うで読んでくれた。

心身の不自由は進み、病苦は堪え難し。去る六月十日、脳梗塞の発作に遭いし以来の江藤淳は形骸に過ぎず。自ら処決して形骸を断ずる所以なり。乞う、諸君よ、これを諒とせられよ。

平成十一年七月二十一日

江藤　淳

待って下さい、とF記者の読みかけをとめた。脳梗塞の発作とは全く聞いていないが、それは何日ですか。六月十日と遺書には書いてあります。そうか、前立腺炎の後のことだ。するとかれは二重苦のあとにもうひとつ心身を立て直して生きることに向う姿勢を確立するまえに、病苦を背負ったことになる。わたしは脳梗塞の発作とその予後の後遺症とそれを回復するためのリハビリテーションについて何も知らない。だがここでも江藤淳は他人に話して通じる病状やリハビリテーションの効果については話したろうが、言葉であらわせない症状については暗黙のうちに耐えるほかなかったに違いないと思えた。わたしは老化や老人の心身について勘違いしてきたと実感して以来、老齢の病気について本で記してあることに疑い深くなっている。医者の言うことも患者の言うことも、言葉にあらわされることを記したり、喋言ったりしているだけで、本当のことは言われていないと頑強に信じるようになっている。江藤淳は脳梗塞の発作のあとの自分は、その前にくらべて形骸にすぎない、だからこの形骸を自分で断つのだと自殺の理由を自己限定している。本当にそうか江藤淳の断定の当否を論ずる知識をもっていない。だがこう断定されてもそうかなあ、という疑問が、どこかに澱んでくることを禁じえない。つまりわたしは江藤淳のいう「病苦」を夫人の死による孤独感、前立腺炎の不快な苦しさ、そして急迫するように加わった脳梗塞、この三重の運命的な強迫に生への姿勢を断念せざるを得なかったのだと解釈したがっているのだ。それならおれにもわかるという思いからだ。

けれど江藤淳の遺書のニュアンスは少しちがう。夫人の病気、死までの看護による極度の疲労、その結果の前立腺炎の発病で心身の不自由はすすんだが、決定的に自害を決意させたのは脳梗塞の発作のあとで自分が形骸にすぎなくなったからだと記しているようにに受けとれる。

わたしは現在の自分の心身の状態から類推して、おれなら自殺などしないなと確言することができない。これが本音だ。だが必ず江藤淳とおなじように自殺して消えてなくなるだろうとも言えない気がする。このあいだに介在する一種の偶然の契機のようなものは何なのだろうか。わたしは独りで考え込んできた。

そして江藤淳の遺書のなかにある強い自己限定の仕方は、かれがこの偶然とみられやすい契機を打ち消そうとした強い意志なのではないかと考えた。わたしは少し自分を納得させて、衝撃をなだめることができるような気がした。

わたしはここに至って、少し平静に江藤淳の自殺を考えられるように思えた。すると江藤淳の自殺（「処決」）は森鷗外の遺書の自己限定と、とても似ているように思えてきた。

よく知られているように森鷗外は友人の賀古鶴所に托して、遺言をしたためた。それは、自分は石見《いわみ》の国の人、森林太郎として死にたいから墓にはその外のことは一切記してくれるな、ということだった。職業人としては軍医としての最高の位置である軍医総監を極め、その他文化人としては博物館長をはじめ、要職、名誉職を歴任した。また作家、評論家、文学研究者、歌人として森鷗外の名をほしいままにした。しかし遺言書の言い方では、じぶんは軍医としての官制の位階勲等もいらない、また文学者としての森鷗外の名もいらない、ただ石見の国、津和野出身の森林太郎でいい、一切の粉飾はいらない、ただの森林太郎でたくさんだというように、自己限定を加えていると受け取れる。忠義の士であった鷗外、「半日」を書いて母親と夫人との険悪な家庭の雰囲気にかまけて宮中への出仕をやめてしまった事情を暴露した鷗外、乃木希典の明治帝への後追い自刃に異常なほどの関心を寄せた鷗外など、さまざまなことを考えると、鷗外の遺言書は、生涯のうち何らかの装飾があると考えたことを、すべて抹殺したいという自己限定による意志的な死後の自殺（？）と受け取ることもできる。わたしは江藤淳の公開された遺書を読むことができて、異様なほど脳梗塞の発作の前と後の自分を区別し、そこに「処決」の最大の理由をおいているようにみえる自己限定の仕方に、江藤淳の「病苦」に自死の理由を集約しようとする強い意志力を感じた。死後に自殺するか自殺によって死をもたらすかを別にすれば、江藤淳は森鷗外だなと結論せざるを得なかった。夫人の死も江藤淳にとって「病苦」のひとつであり、これでもか、これでもかと追い討ちをかけてくる三重の「病苦」に刀折れ矢尽きて、なお自己限定の意志を捨てなかった姿勢が、わたしには最後の江藤淳の立ち姿のイメージだった。

江藤淳とわたしとは文芸批評のうえでも、時事的な評論のうえでも、よく似た問題意識をもってきたが、大抵はその論理の果ては対極的なところに行きついて、対立することが多かった。たぶん読者もまたそういう印象だったろう。なぜかわたしには対極にあるもの特有の信頼感と、優れた才能に対する驚嘆と、時々思いもかけぬラヂカルな批評をやってのける江藤淳にたいする親和感があった。江藤淳との最後の対談の日、今日もまた対立かなとおもって出掛けたが、対談がはじまるとすぐに、江藤淳がもうかんかんがくがくはいいでしょうと陰の声で言っているのがわかった。わたしの方もすぐに感応して軌道を変えたとおもう。かれはその折、雑談のなかでふと、僕が死んだら線香の一本もあげてくださいと口に出した。同時代の空気を吸っていたとはいえ、わたしの方が年齢をくっているのに、変なことを言うものだなとおもって生返事をしたように記憶している。眼と足腰がままならず、線香をあげにゆくこともできなかった。この文章が一本の線香ほどに、江藤淳の自死を悼むことになっていたら幸いこれに過ぎることはない。

さらば、友よ、江藤よ！

石原慎太郎

今日鎌倉で、江藤淳の骨を拾ってきた。

しみじみ、一つの時代が終わったなという気がする。

人間にはそれぞれ自分の生きてきた時代についての思い入れがあろうが、同じ年に生まれたせいもあって私と江藤のそれはほとんど重なっていた。

ましで一時期同じ旧制中学で過ごし、同じ地域で戦争を体験し敗戦の後の荒廃も目にして、大学は違えたがまた同じ頃文壇に登場し、その後も政治へのほとんど同じ意識を抱いてこの国を見つめてきた。

私と江藤が共有した「時代」とはその過程で私たちを洗って流れていった時間そのものだが、人がそれを何と呼ぼうと、それは私たちの青春の延長の上の今日に及ぶ変化と刺激に満ち満ちた比類ない時代だった。

それは昭和とか平成という元号とも違って、想起すれば彼との出会いを元年とするような、私たちの内にしまわれた精神の暦だ。

私が物書きとして出発した年の経済白書はその冒頭、「もはや戦後ではない」という名文句で始まっていた。しかし正確にいえば、欠乏や不自由や抑圧といった戦争のさまざまな桎梏《しっこく》から解放され、物欲の充足が可能なものとして予感され始め、非人間的な規律や抑制からの解放の証しとしての新しい価値観や情念がはぐくまれだした消費文明の到来、つまり真の「戦後」は私たちの青春に並行して始まっていったのだ。

ほとんど同じ時代に登場してきた小説での開高健や大江健三郎、小田実、評論の江藤淳、映画での篠田正浩、大島渚、羽仁進、詩人の寺山修司といった若い芸術家の登場を保証したものは、人間の存在を根本的に脅かした戦争という絶対的なアンチテーゼへの斟酌なしに、とにかく自由に、はばかることなく己の感覚を創作に持ち込むことの出来る新しい「時代」だった。

そしてその次の段階として冷戦構造のもたらしたイデオロギーのさまざまな呪縛があり、その渦中でのそれぞれの対立があった。それはいわば、いたずらな観念と能率という現実性の対立ともいえ、その結論は冷戦構造の崩壊によって周知の如くに決着した。

思えば、敵機来襲の警戒警報で命令された下校の途中警報が突然空襲警報に変わり、変わったとたん頭上に来襲した敵の艦載機の機銃掃射に逃げまどったわずか半年ながらの生と死に晒された子供としての戦争体験と、その末の敗戦。

一夜明ければ、かつての鬼畜米英が民主主義を説く救世の師匠とあがめられる価値観の豹変に子供としても啞然とさせられ、何か基本的根源的なものがすり替えられごまかされているのではないかという感慨のもとに、これこそが新しいのだと自称する教育の手に一方的に陥れられて以来、私たちは真の価値とはいったい何なのかを自分自身で考えざるを得ない状況になぶられてきた。

そしてその最も真摯なる実践者が江藤淳だったと思う。

いかなるアプリオリにも支配されず、何が人間にとって、日本人にとって、この国家にとって最もなる真実であり、何こそが暴かれるべきものであるのかを彼はその鋭い感性によって探し出して定め、訴え、唱え、説いてきた。

トインビーがその著書「歴史の研究」の中でいっているように、国家社会の衰退の原因は決して不可逆的なものではなく、それを正確に意識しさえすれば国家は必ずよみがえりもするということを江藤は説きつづけてきたし、さらに国家の衰亡の最大の原因は自己決定能力の喪失に他ならないと彼は飽かずに指摘し警告してきた。

戦後日本の統治者たるアメリカが意図して行った、白人社会にとってはまさにエイリアンのような存在だった有色人種唯一の近代国家日本の徹底した解体のために、彼等が講じた検閲による隠されてはいても厳しい言論統制の実態を、「埋没した言語空間」として告発し、その衝撃からの蘇生を促したのはほとんど江藤唯一人だった。

豊潤だったはずのプリンストン大学での留学教授時代の経験を通じて体験した、潜められたアメリカの実態についての「アメリカと私」という冷静な報告もまた、今日未だに払拭されぬままますますかさんでいく日本人の軽率なアメリカ信仰への警告として意味深いものだ。

それら彼ならではの意味深い作業の根底にあるものは、彼が傾倒した近代人としての夏目漱石が苦渋の内に体現したと同じ、西欧と日本の対比の中での日本という国家への抜きさしならぬ意識、というより日本人としての自分の内に在る日本への愛着だった。だから彼は「日本」のことを「この国」と呼ぶような国家認識を許さず、なぜ「わが国」と呼べぬのかと繰り返し問うてもいた。

今になって思い返せば、政治家になって後の彼との折ふしの会話で、私が国家に直接の責任ある政治家として、抱えている焦りや怯え鬱憤にまかせて、その場にもし他の第三者がいたとしたならかなり過激に聞こえたろう抱負なり提言を口にした時、江藤の方が逆に冷静にたしなめるような口調で物静かに、しかし実は当の私よりもはるかに激しい論を整然とのべてくれたものだった。

思い返すと、文壇という限られた世界での彼との中学以来の再会の折のことを今でもよく覚えている。

当時文藝春秋の本社は銀座西五丁目から移って土橋に近い電通通りにあった。まだファックスなどなかったあの頃では締切りに間に合わすためのぎりぎりの校正に、作家たちがよく本社まで出向いて小広い貴賓用の応接間で校正刷りに手を入れていたものだ。時には複数の文士が同じ一室に同席して、私などよくそこで知遇のなかった作家たちに紹介もされ以来よしみを結んだものだった。

ある時私が迫った締切りのために文春の本社に出向き例の応接室でゲラ直しに勤《いそ》しんでいたら、突然同年配の小柄な男が入ってきて社員のすすめた椅子に座り同じように校正の仕事をしだした。

枚数も短かったのか後から来た彼の方が私より先に仕事を終え、立ち上がってさっさと部屋から出ていこうとする。どうもどこかで見たことのある相手で、人見知りはしない方の私だから声をかけようとしたら、その気配を感じたのか振り切るように、しかしはっきりと私を意識している様子で校正刷りをテーブルに置きそのまま部屋を出ていってしまった。

間もなく入れ違いに担当の編集員が入ってき、私は念のために、今までそこにいた、どうも見覚えのある若い男の身元を質してみた。

「ああ、今の人は最近『生きている廃墟の影』という優れた評論でデビューした気鋭の江藤淳という評論家ですよ」

と教えられ、私は多分その相手には決して意味のわからぬだろう笑みを浮かべたものだった。

江藤というその名からすぐに、今の男がかつてのあのこまっしゃくれた江頭《えがしら》少年だとわかった。そして、あの江頭が、かねて私がいっていたようにまさしく評論家になりおおせたのだなと納得し、自分の予見の当たったことに満足していたものだ。

敗戦後のまだ旧制のままの湘南中学に、戦後のどさくさとて幼年学校帰りとか疎開帰りやいろいろ新しい編入生が入ってきたものだが、ある日江頭淳夫なる少年が編入されてきた。クラスが違って最初は知らずにいたがしばらくして、創設されたばかりの社会研究部に彼が入ってきて、ある時こんな所でくだくだ幼稚な議論をしていてもつまらぬから、自分の叔父に著名な社会学者がいるので一度そこに出かけていろいろ話を聞いて勉強したらどうだという提案だった。

相手の名は江口朴郎という当時の旧制第一高等学校の歴史の教授とかで、研究部の有志数人が江頭に案内されて出かけていった。

江口氏の書斎で何やら甘いものまで出されて話を聞いた、といえばいえるが、実際は叔父さんという学者を相手に、案内していった江頭なる新米が最初から最後まで一人長広舌をふるって、相手の江口教授も、たじたじではないがかなり真剣にふんふんと耳を傾け真剣に答えている。

しかしその内容は旧制中学の我々小僧たちにはほとんど理解がかなわず、第一、二人が口にしている横文字が人の名前なのか何かの用語なのかの判断もつかずに、私としては唖然として、見知らぬ江頭とかいう少年の成熟ぶりにただただ感心させられていた。

江口邸を辞しての帰り道、私は連れだった他の仲間に、あんなにませきった奴は将来たぶん評論家にしかなりおおせはしまいと腹いせにまぎれて予言したものだ。

以来、江頭少年は同じ研究部の仲間の程度の低さに愛想つかしてか顔を見せなくなり、私の方も一向に面白くもないそんな集まりは敬遠して、当時の中学としては異例に完備されていた美術室を使っての絵画部活動に没頭するようになったが、その隣の小部屋の吹奏楽部にいつの間にか件《くだん》の大ませ小僧の江頭が加わるようになり、彼等が絵画部の前の階段下の小広い廊下や、天気の折は講堂前の庭の木陰でおよそハーモニーを欠いた演奏練習をしている中で彼が、小柄の癖になぜか大きなチューバを吹いているのを目にするようになった。

やがて旧制から新制高校に進むにつれ、江頭少年は家の移転で東京の高校に転校していった。

私にとってはただ一度の体験の印象だけで、あのトッチャン坊やがその後どうなったかにさしたる強い興味を繋ぐほどの間柄ではなかったが、ただ少年期に目にした異常に早熟な同僚がやがてとりすました顔で目の前にまた現れなぜか私を無視したまままた消え去ってしまい、それでも聞けば気鋭の評論家として世に出たと知らされあらためて、なるほどあの男は思った通り評論家になる以外なかったろうと極めて得心していた。

彼の音楽的才能がいかばかりのものかは知れずにいたが、なんでも演奏を一切やめてしまうきっかけとして、転校した先の日比谷高校の音楽部に「バアナアド・ショウに捧げる吹奏楽」なるものをものして残してきたそうな。誰かその演奏を聞いた者がいるならその印象について是非とも聞いてみたいとは思っている。

ということで、後に別の機会に互いに名乗り合って正式に再会したが、なおしばらくして私が、なぜ最初の時すなおにやあやあと名乗らなかったのだと謗《そし》ったら、さすがににやにやしながらも、

「だって君、お互いに文士になんぞなっちまったなんていかにも気恥ずかしいじゃないか」

　まるで諭すようにいったものだ。


　あの頃そろって世の中に出そろった若い芸術家たちはジャンルは違えてもそれぞれ沢山のメッセイジを抱えていて、それをまたみんな早口でむきになってしゃべる共通点があって面白かった。

　ということで私から誘い出し、ジャンルを超えた同世代の芸術家たちの「真昼の会」なるものを作って二度三度会合している内に、政治の世界で安保改定なる大イッシューが持ち上がり、議論が徹底せぬ内に見切りをつけた自民党が、審議をボイコットしたままの野党を外して単独での採決を強行し法案を通過させてしまった。

　多分戦後の国会で国際的重要案件の単独採決は最初のことだったと思うが、世の中は騒然となり、下手すれば議会民主主義がこれで挫折壊滅もしかねないということで、野

党を無視した単独採決だけは許すまいという世論の輪が大きくなっていった。

で、もっと幅広い同世代の仲間を語らってこれに抗議しようと「若い日本の会」なるものが新たに結成され、私自身生まれて初めての政治活動に参加する羽目になった。

今になって思えば汗顔のいたりだが、私を含めてあの運動に乗り出した仲間の中で日米安保条約なるものに精通、とまでいかなくともその条文を読んだことのある者が江藤淳を除いて他にいたとは思わない。ましてそれが何のためにどう改定されようとしているのかまで知っていた人間なんぞいはしなかったろう。


後になって聞いたことだが、なにしろ当時の日本文藝家協会の理事会で理事長の丹羽文雄氏が、その日の理事会の協議案件がすべて早く片付いてしまったので、

「どうですか、ついでですから文藝家協会も安保反対の決議でもしておきますか」

と安易に持ちかけ、理事でいた尾崎士郎、林房雄の二氏が異議を唱え、反対を提唱した理事長にその個人的な理由を質したら丹羽氏が赤面して口ごもり答えられずに動議は流れてしまった、などという滑稽というか軽率といおうか、空恐ろしい世間の実情だった。

そんな中で発足した「若い日本の会」もまた声高なアンポ・ハンタイのシュプレッヒ

コールに乗せられて、当初は国会の単独採決反対で出発したのにいつの間にか語呂のいいアンポ・ハンタイの掛け声に染められていき、仲間としていろいろな会合、例えばクレージー・キャッツだの他の著名なウェスタン歌手のライブに出てみると皆いかにも景気よくアンポ・ハンタイをぶち上げていて、私としてはいささかの違和感を感じぬ訳にはいかなくなってきた。

あの騒ぎの中で当時初めてテレビを通じての重要政治案件を巡る各政党党首の主張が放映され、私が眺め聞いた限りでは、人相はいかにも良くなかったが自民党党首、岸信介総理のいい分がどう聞いても一番まっとうで、社会党の浅沼稲次郎のいい分は支離滅裂、民社党の西尾末広の論も何やらうろんげで、私自身も意外な印象だった。

ということである日江藤と会ってそう打ち明けたら、

「そうだよ、君の感じていることはいかにも正しいんだよ。だいたい単独採決反対がいつの間にかアンポ・ハンタイになっちまった。僕はその限りであの会から抜けるつもりでいた、この次の機会に仲間にはっきりそういおうと思っていたんだ。安保を巡る今の様子はとても危険なものだと思う。危険というより、浅はかだよ。君ももう一度安保の新旧の条文を読み比べてみろよ、つまり、てっとり早くいえば日本はこれでようやく独立国になれようとしているんだからな」

眉をひそめ声を落としながらも強い口調でいっていた。

ということで私と江藤と、その他に曾野綾子さんらの何人か冷静に踏み止どまった人間がアンポ・ハンタイの「若い日本の会」から抜け出した。

残った連中はそんな私たちを陰で日和見のように誇っていたが、実はあの出来事があの時点以後の私たち世代の政治的立場を区分してしまったといえる。

あれは、その後の日本における、政治に関わる思想の潮流を二つに分けた出来事で、後のベトナム戦争を加えて世代を超えて、というよりむしろ若い世代の言論人、芸術家たちがその影響をもろに蒙ったといえる。

安保騒動で国会周辺が過熱されていったある夜私はあくまで興味本位で国会正面前の騒動を眺めにいった。しばらく眺めた後見切りをつけ、ひしめいている群衆から外れて首相官邸の前までいき官邸の様子をうかがって見たら、期待に反して驚くほどひっそりしたものだった。

さらに驚いたことは横の議員会館と官邸の間を過ぎて日比谷通りに抜ける小道には警備の警官の姿などまったく無く、官邸の裏門など閑散としたものでしかなかった。しかしなおその夜であったか次の日にか、興奮した抗議の群衆の中にいた女子学生の樺美智子はラグビーのモールに似た激しい雑踏の中で転んで踏み殺されてしまった。

私は後に彼女に象徴される当時の進歩的日本人の思考方法の欠陥について「鳥目の日本人」という論文の中で批判したが、「樺美智子は自分で自分を踏み殺した」としかいいようないと記した私の表現を、出版社はこれだけは削ってくれと泣き込んで来、ならば掲載は取りやめても結構と伝えたら、発刊された雑誌には無断でその部分が削除されていた。

後にあの時の印象を踏まえてやや皮肉な政治小説を書いたものだが、後にあの折々見聞したものの印象を江藤に話したことがある。

「その時君が官邸の裏門を覗いて見たというのは卓見だよ。そんなものなんだよ、今この国で起きていることの本質と実態は。ただのヒステリーとまでもいかぬ、ちゃちな精神生理現象でしかないよ。ただな、こんなことしてると日本はアメリカや周りの国から必ずその内にみくびられるぞ」

他の何かを見据えるようなまなざしで彼がいったのを今でも覚えている。

あれから後彼が政治にかまけて折々に、この国のためにいってきたことへの今さらの評価や注釈はここでは要るまい。

ただ彼の政治に関する論評が多くの人々に深い共鳴を促したのは、それらの言葉があくまでも彼の感性の発露であったことに依るに違いない。

さらにいい換えれば、その感性を促したものはあくまで彼にとっての先祖、家族の歴史、そして彼自身の人生でいき合ったもろもろの出来事に発した、あくまでも私的な主題であったということだ。


以前私は東京に出る横須賀線の中で出会った小林秀雄氏に、いきなり、その頃評判になりだしていた中国の新しい指導者鄧小平について、

「あいつはどんな奴なんだい」

尋ねられたことがある。

「また、どうしてです」

「いや、見てると彼のいってることはわかりやすいよな」

いわれたので、

「それは結局、能率ということだからでしょうね。イデオロギーが何だろうと、結局ものごとは能率次第ですから」

いったら、

「ああなるほど、そりゃそうだよな」

うなずいてもらったことがあった。

小林秀雄という強い感性と自意識を持つ知的な青年が、小説でも詩でも学問哲学でもなく、文芸批評という新しいジャンルの創設によってその自己表現を達成したと同じように、江藤は小林氏とは別種の論理的分析を踏まえ、その感性を加えての政治批判という未曾有の領域の開拓をしていたといえる。

いかなる政治にも完成が有り得ぬように、彼が手掛けていた政治に関わる方法にも完成はあり得はしなかったろうが、しかしそれは日本の貧しい政治にとって希有なる刺激であり啓示であった。

それはこの国の政治に欠けているエロス、つまり政治の感性の枯渇の故にいっそう価値あるものだったし、今在る姿にしてなおの彼の国家への強い愛着の根底には、前に述べたように彼の先祖や家族や人生から負うたあくまで私的な主題があった。それゆえに、その言葉は多くの人々の胸に深く伝わり得たのだ。

日本の無条件降伏という強引にしつらえられた虚構への告発や、その下に行われた徹底した日本の解体のための施策たる戦後のＧＨＱによる検閲への告発、その呪縛から未だに自らを解き放つことの出来ずにいる日本の言論の資質への批判。それらは彼自身の肉と血の内に溶け込んで在る、誰よりも彼自身が強く意識せざるを得ない国家に関わる主題としてあったのだ。

それに抗しきれずに思わずも強くものをいうということほど、言論を操る人間としての誠実が他にあるだろうか。

そうした彼の言論の活動を支えていたのが、子供を持たぬ夫婦故にも彼が容易に、幼くして死に別れた母親への思慕を代行していた慶子夫人だった。

そして彼女の死はすなわち、文士としての江藤の人生を決定的に支えていたものの喪失だった。

あの二人が、子供を持ち孫ももうけた私のような人間には計り知れぬ意味あいの夫婦だったことだけはかろうじてわかるが、妻を喪うということの意味、というよりその恐ろしさを、かたわらに彼女の骨壺を据えて眺めながら彼は身にしみて味わいつつ過ごしていたのだろう。

ということを彼の亡妻記を読みながら私も痛いように感じていたが、しかし彼はこれを書くことでその人生の痛酷をようやくかわすことが出来るだろうと私は思っていた。

あの手記を読んで「文學界」誌に載せた所感にも記したが、あれは二人で共有した甘美なほどの生と死の時間の記録であり、ワァグナアの歌劇「トリスタンとイゾルデ」の最終幕のイゾルデの詠唱「愛と死」と同じように、最早喪失の痛酷を通りこして透明に結晶した愛の極致を描いていたのだと思う。

それ故に、それを書ききったということでこそ彼は必ず立ち直ると思っていた。

実は彼が自裁する数日前私たち二人は電話で最後に話し合ったのだった。その時の話の内容からすれば、私の電話は彼の蘇生をいっそう促したはずだった。

彼に東京都に関わる大切な仕事の手助けをしてもらおうと突然に思い立って電話し、その会話の中で私は初めて、彼が最近軽い脳梗塞で倒れ病院でのリハビリからつい先日戻ったばかりと知らされた。

そんな健康状態の中で彼が、妻君のいなくなった家に夜はたった一人で過ごしていることの不安さに、急きょ誰か頼りになる住み込みのお手伝いさんを私の責任で探そうと約束した。

その後またすぐに彼の方から電話があり、君はなんというタイミングでなんと素晴らしい申し出をしてくれたんだと興奮した口調での長い会話があった。私が彼に依頼した東京都の仕事の手助けとは、問題の多い東京都現代美術館の館長への就任だった。

脳梗塞のせいで律義な彼はすべての公職からの辞任を決めていたが、毎週かなりの数の講義の責任のある大学教授と違って美術館館長ならばそれほどの拘束もなく、私自身も新しい方法で梃入《てこい》れしての美術館経営を考えていたし、それを受け止めるに文藝家協会の理事長として立派に政治的な仕事もこなしていた彼となら、素晴らしい連携でことを運ぶことが出来るはずだった。

「いや、あれを聞いて俺にもまた人生への弾みがついたような気がするよ。君は俺にとって不思議な友達なんだなあ」

しみじみした声でいわれて私としても嬉しかった。

幸い心当りの人が快諾してくれ家内が伴って江藤家を訪れ、律義な彼はずっと彼を看取ってきていた奥さんの姪御さんと江藤家のバトラーのような出入りの植木屋の棟梁、それに何かと彼のために役だってくれていた市議会議員の松中健治氏も呼び集めて、住み込みでつくしてくれるという相手を引見し家内がすっかり安心するほど当の相手が気にいってくれ、早速に話がまとまったものだった。

そのままとりあえず三日ほど住み込んでもらってみて結果が良ければ正式にというこ

とだったが、あらかじめ私からも、なにしろ気難しい相手とて、試しに二、三日働いてもらってどこか気にいらぬようだったらかまわずそういってくれといっておいたが、そんな返事の代わりに、留守中家内に厚い感謝の電話がかかり、調理師の免状を持つ彼女の料理の腕前は、彼が奥さんを亡くした後ある期間逗留していた帝国ホテルのコックなんぞよりずっと上ですという、声も弾んだ報告があったそうな。

そして彼女が正式に江藤家に住み込んで彼のためにつくしてくれるために、長野県の家に身の回りの品々をまとめて持参すべく三日間休みをとって帰宅し、四日目の午後八時に出向きなおす約束でいた。その日関東一円を襲った豪雷雨のせいで電車が立ち往生したが、ともかく約束より五分早く戻ってみたら、彼は死んでいた。

後々聞けば、彼の新しい連載「幼年時代」の二回目の原稿をとりにいった「文學界」の編集長に、原稿を手渡しながら脳梗塞の後に書いた文章におかしな部分がないかこの場で目を通してくれといい、その場で読み終えた相手がたいそう結構でございますと肯《がえ》んじ、江藤も満足してうなずき返したという。

しかし結局、ものを書くという作業は彼を支えて助けはしなかった。

住み込みして彼をみとってくれる人を紹介出来、家内の報告からしても私は彼の復活を信じることが出来ると思いこんでいた。それを確かめに電話しようかと思ったが、彼の悦びようがたいそうだったと聞かされていたので、ことさらの電話はいかにも恩着せがましくとられそうなので控えておいた。美術館の方は現在の館長の任期が来年の四月までと確かめていたので、ことさらすぐに電話してまで打ち合わせる必要もなかった。

ただ江藤との最後の電話での会話の中で、彼の方があの新しい仕事の始まりは何時なのだと質してきて、私がよくしらぬと答えたら、公務員の任期の切れ目は通常九月か四月だぞと彼の方から教えてくれたのだったが。

そして私のそんな遠慮を察したかのように七月十六日づけの手紙が家にとどいた。自殺の三日前のことだ。

「――君のように忙しい人が、公務御多端にもかかわらずこんなに早くことを運んで下さったことの友情の篤さに感謝の言葉もありません。

田村さんには昨夜から住み込んでもらい、夜全く一人でいるわけではないという安心感を満喫しています。聡明な人で、お料理も上手なので、久し振りで自分の家にいるという気持ちになって来ました。この上は充分予後を養い、再起を期したいと願っています――」

とあった。

だから、私は彼の再起を信じられると思っていた。

あの日の午後関東一円を襲った雷雨の激しさは並のものではなかった。

同じ鎌倉に住んでいつも江藤と接していた私たちの共通の友人だった前の東大教授でインドの歴史を教えてい、定年引退の後江藤を同じ大正大学に誘って招いた辛島昇が密葬の日、隣の席で、

「あの雨さえなかったらなあ――」

とつぶやくようにいっていたが、私もそんな気がしている。

巨きな喪失の後の痛みの中での放心の折々、時としては死を願ったりもして激しく揺らぎながら耐えてきていた、身寄りも無く他に失うものは自らしかないような孤独に老いた男にとって、あの久し振りの天変地異は通り魔のように彼を引き裂き、死に向かって誘い追い落としたに違いない。

彼を失った今になって思えば、彼の残した遺書が言葉少なにいかに毅然たるものであろうと、その自殺はトリスタンとイゾルデの順を違えた、典型的な妻恋いの末の後追い心中でしかない。

それを他にどう脚色も説明も出来はしまいし、それはその限りで痛ましくも、美しい。

それは彼の自殺が彼の言葉たちと同じように一貫してあくまで彼の個人的な、極めて私的な主題によるものだったが故に他なるまい。

そして、美しい限りで、それは、我々が失ったものの大きさをまったく違う次元で十分に贖《あがな》ってくれるはずではないか。

彼から、「諸君よ、これを諒とせられよ」と請われて、彼を愛した者たちとして、何を拒むことが出来るだろうか。

江藤淳年譜

武藤康史編

昭和七年（一九三二）

《十二月二十五日、東京府豊多摩郡大久保町字百人町三丁目三百九番地に生る。江頭隆の長男、淳夫と命名さる。父は海軍中将江頭安太郎の長男、三井銀行本店営業部勤務。母廣子は海軍少将宮治民三郎の次女。》（自筆年譜）
著書などでは昭和八年生れで通していた。

昭和十二年（一九三七）　四―五歳

《六月十六日、母廣子を喪う。享年二十七。死因は結核であった。廣子は昭和六年三月、日本女子大学英文科を卒業、同年五月江頭隆に嫁した。》（自筆年譜）

母が危篤になったころからあちこちの親類の家に預けられていたという。

《たらいまわしの最後にたどりついた三軒茶屋の母の実家で、ある朝電話が鳴った。祖父に呼ばれて生れてはじめて本物の電話というものに出ると、父の声が聴えた。

「もしもしお父ちゃま？」

と私はいった。

「お母ちゃまは治ったの？」

電話の向うで父の声が一瞬とだえた。そして、しばらくして、

「治ったよ。すっかり治ったからお前はお祖父さまと戻っておいで」

といった。そのとき私は母が治ったのではなくて、おそらく「死んだ」のであることを本能的に感じていた。》（『一族再会　第一部』「母」）

昭和十四年（一九三九）　六―七歳

《一月、父隆、日能千恵子と再婚す。千恵子は青山学院専門部英文科教授日能英三の長女、クリスチャンである。四月、戸山小学校に入

学するも健康すぐれず、かつ登校を好まず、納戸にこもってルビを頼りに「明治大正文学全集」（春陽堂刊）、「世界文学全集」（新潮社刊）などを読む。愛読書は山中峯太郎、平田晋策、『のらくろ』などのほかは谷崎潤一郎とアレクサンドル・デュマ『モンテ・クリスト伯』であった。肺門淋巴腺炎と診断さる。この年結局三十数日しか登校せず、学校のない国に行けたらと夢想する。しかし父より義務教育は国法によって定められていることを言い聞かされ、暗澹とす。》　（自筆年譜）

学校に行かなくなった直接の原因は病気ではなく、一年生のとき若い教員に理不尽に叱責されたことだった。

《確かに廊下を走ったのはいけなかったし、小便を漏らしたのはもっとみっともないことだった。でも、若い教員のいうのは実はみんな逆ではないか。私は尿意が耐え切れなくなったので、チャンと手を上げて断ってから廊下に出た。走り出したのは早く便所に行きたかったからで、漏らしてしまったのは首根ッ子をつかまえられたはずみだ。叱るなら、口で叱ればそれで済むではないか。

これだけのことを、小学校一年生の私が、言葉にして訴えることができていれば、私は登校拒否児童にならずに済んでいたかも知れない。しかし、私は、担任にももちろん当の若い教員にも、自分の気持を説明することができなかった。そればかりではない。恐らく一番決定的なことに、私は自分の失敗をどうしても新しい母に告げることができなかったのである。》　（『渚ホテルの朝食』「失敗」）

病気が見つかったのはこのあとだった。

《私はそのころ父が怒って、「お前のような出来損いは丁稚奉公にでも行け」といったのをよく覚えている。だがいずれにせよ私は学校には行かなかった。多分母から知らぬ間に感染していた結核菌のために、私が肺門淋巴腺をおかされていることが発見されたからである。私はひそかに凱歌をあげた。》（「文学と私」）

昭和十五年（一九四〇）　七―八歳

《一月妹初子生る。やや健康を恢復し、前年よりは学校に馴染む。》（自筆年譜）

昭和十六年（一九四一）　八―九歳

《九月、義母千恵子の提唱により、鎌倉市極楽寺六百五番地の義祖父日能英三の隠居所に転地させらる。英三はすでに青山学院の教職を退き、読書と鎌倉彫と銭湯通いに明け暮れる閑雅な日常を送っていた。クリスチャンであったが禅に興味を示し、釈宗演の書を愛していた。この隠居所での転地生活は心身に好影響をあたえ、外界に対する関心を取り戻す。》（自筆年譜）

《この転地は成功して私は次第に健康をとり戻し、学校に通えるようになった。このことについて私はいまだに義母に感謝している。さらにまたこの転地の結果、義理の祖父の静かな充足した（と私の眼には見えた）日常に触れられるようになったことについても、私は義母に心から感謝している。》（「文学と私」）

転地したあと、この年度は学校に行かなかった。

昭和十七年（一九四二）　九―十歳

《四月、鎌倉第一国民学校（小学校）に転校。登校を好みはじめ、学業成績あがる。》（自筆年譜）

このとき再び三年生になったらしい。学校へは江ノ電で通学した。

《生れてはじめて、定期券というものを持って通学するのは愉しかった。あれほど学校嫌いだった私が、一転して人並みの生徒になれたのは、ひょっとするとひとつにはこの江ノ電通学のためだったかも知れない。》（『なつかしい本の話』）

昭和十九年（一九四四）　十一―十二歳

《九月、弟輝夫生る。大戦の戦局日に非なり。十月、父鎌倉市極楽寺六百八番地に別宅を構えて祖母米子を迎え、一家は事実上疎開状態となる。》（自筆年譜）

義祖父の隠居所の近くに父も家を見つけ、鎌倉に疎開して来たのである。

昭和二十年（一九四五）　十二―十三歳

《五月二十五日、大久保百人町の家B29の大空襲によって焼亡す。家財の大半を失う。亡母の遺品を失いしことを最も悲しむ。》（自筆年譜）

《それから数日後に父とふたりで庭の片隅に埋めておいたはずの陶器を掘り出しに行ったときのことを私は覚えている。》（「戦後と私」）

昭和二十一年（一九四六）　十三―十四歳

《四月、神奈川県立湘南中学校に入学。英語、漢文、及び歴史を好む。》（自筆年譜）

入学して間もなく、《当時吹奏班と呼ばれていたブラス・バンド》にはいった。

《私にあてがわれた楽器は、トランペットでもフルートでもなく、俗称を〝小バス〟と呼ばれていたユーフォニウムという楽器であった。》

《私は毎日遅くまで練習に励んだものであった。》（『西御門雑記』）

一年上級に石原慎太郎がいた。

昭和二十二年（一九四七）　十四―十五歳

《音楽に対する興味つのり、中島田鶴子女史についてヴァイオリンを習いはじめる。一方辛島昇、金子実、妹川稔、三井力、吉野壮児・後藤英彦らと交友を結ぶ。》（自筆年譜）

昭和二十三年（一九四八）　十五―十六歳

《三月二十九日、祖母米子長逝す。享年七十七。》（自筆年譜）

《夏には鎌倉の家が売られて東京の場末に建てられた銀行の社宅に移らなければならなくなった。》（「戦後と私」）

義母は肋膜になったので弟妹とともに義祖父の隠居所へ預けられ、父と二人で東京都北区十条仲原三丁目一番地の帝銀社宅に移ることになる。

東京都立一中の転入試験を受け合格（三年次に転入）。九月から転校するが、

《父と二人の自炊生活のため、しばしば学校を休み、ために数学が嫌いになる。英語も程度高く、最初やや難渋せしもこの方は追いつく。》（自筆年譜）

夏の終りごろ、十条の古本屋で伊東静雄の詩集『反響』を見つけた。

《そこには、私の心の底のうずきに応じてくれる言葉があった。》

《もし、このとき、『反響』にめぐりあわなければ、私は文学を仕事とするようになっていただろうか？》（『なつかしい本の話』）

《十一月、義母千恵子小康を得、漸く弟妹とともに鎌倉より合す。しかしやがて脊髄カリエスと診断され、以後七年病床を離れ得ず。》（自筆年譜）

昭和二十四年（一九四九）　十六―十七歳

四月、都立一中から改称した都立一高の一年生となる。

《英語担当教諭梶䝩悟《しんご》先生に触発され、アテネ・フランセに通ってフランス語を学びはじめる。梶先生は加藤周一、中村真一郎ら所謂「マチネ・ポエティク」の人々と一高で同級だった人である。》（自筆年譜）

梶先生は昭和二十四年の二学期に着任した。

九月に公開された小津安二郎監督の『晩春』を《封切りになったときに二度ぐらい見て、それからアンコール、それからまたのアンコールというので四度か五度か見ているはずです。》

《見たあとで、原稿用紙になにやら書きつけた覚えがある。》

（蓮實重彥との対談『オールド・ファッション――普通の会話　東京ステーションホテルにて――』）

昭和二十五年（一九五〇）　十七―十八歳

《級友と「近代劇研究会」なるものをつくり、既存の演劇部と対立す。相変らず語学の勉強に精を出す。学業成績あがる。義母病床にありしため、かわって妹の父兄会に出たりする。この年都立一高、日比谷高校と改称さる。》（自筆年譜）

三月に上演された福田恆存の「キティ颱風」を三越劇場に見に行った。

昭和二十六年（一九五一）　十八―十九歳

《四月、新学期の健康診断で肺浸潤発見され、絶望す。》（自筆年譜）

高校を休学して自宅療養し、ドストエフスキイなどを読む。そのうちに、

《父が闇で探して来た結核の新薬ストレプト

マイシン奏効し、二十本の注射にて快方にむかう。》（自筆年譜）

昭和二十七年（一九五二）　十九―二十歳

四月に復学し、二度目の三年生となる。ちょうどそのころ生徒会誌「星陵」が復刊され、同級生・安藤元雄の文章が載っていた。それから十年以上たって「星陵」第三十号（昭和四十一年）に寄せた「『星陵』と私」で次のように回想している。

《半分馬鹿にしながら開いてみると、「鮎の歌」という安藤の立原道造論が出ていたのでどきりとした。安藤は、多分今でもそうだろうが堀辰雄の熱心な崇拝者で、堀門下の立原についてもくわしかったのである。私はこのエッセイに刺激されて何か書きたいと思い、クラス旅行をさぼって軽井沢に行って誰もいない五月下旬の千ヶ滝をぶらぶらしながら、「フロラ・フロラアヌと少年の物語」という題の小説を書いた。軽井沢に行ったのはもちろん安藤経由で堀辰雄にかぶれたからである。》

「フロラ・フロラアヌと少年の物語」はその年出た「星陵」第二号に掲載された。いくつかの著書にも再録され、また昭和四十九年には豪華限定版『フロラ・フロラアヌと少年の物語』も出ている（「『星陵』と私」もここに収められている）。『日比谷高校百年史』の生徒の作品集にも収録。

引き続き出た「星陵」第三号には、ウィリアム・サロイヤンの短篇 *Going Home* の翻訳を「故郷へ帰る」として載せた。英語の野口宏先生からもらった *The Pocket Book of Modern American Short Stories* 所収の一篇であった。

昭和二十八年（一九五三）　二十―二十一歳

《二月、慶應義塾大学文学部を受験、合格す。三月東京大学教養学部文科二類を受験、不合格となる。直ちに慶應義塾に入学手続きをとる。》（自筆年譜）

一年H組になった。のちに結婚する三浦慶子は同級生。

慶應の文学部では一年めは日吉で学び、二年次に三田に進む時点で学科に分れる。高校時代から仏文科を志望していたが、英文科に行くことにした。理由の一つは吉田健一『英国の文学』（昭和二十四年刊）を読んで《英文学の魅力に開眼していたため》（自筆年譜）。もう一つは英語の藤井昇先生の助言だった。《私は、藤井先生の最初の授業を受けたときから、この若い先生に強く惹きつけられた。この先生は只の語学教師ではない、言葉というものの重味や奥行きを知り、味わいや陰翳を愉しむことのできる人だということを、授業の終らぬうちに直観できたからである。》

三浦慶子は仏文科に進んだ。（『なつかしい本の話』）

昭和二十九年（一九五四）二十一―二十二歳

《四月、英文科に進む。この頃東大仏文に進学した日比谷時代の友人安藤元雄のすすめで、同人雑誌「Pureté」第一号に『マンスフィールド覚書』を書く。題は安藤がつけてくれた。》（自筆年譜）

このすぐあとの六月に喀血する。慶應病院で診察してもらったところ、結核はかなり進行していた。また自宅療養したが、休学には至らなかった。

《義母は依然として病床にありしため、ふたたび家に二人の病人ある状態となり、暗澹たる心境となる。「文学的」なものへの嫌悪生ず。最も辛き夏を送る。九月、父高熱を発し、病臥すること数旬、ついに家に三人の病人ある状態となる。ひそかに父亡き後のことを考える。しかし安静度三度にて起つ能わず、切歯扼腕す。仕方なく天井を眺め、耐える。洋書のほかはなにも読まず。十一月、「Pureté」第三号に『マンスフィールド覚書補遺』を書く。この療養中に一転機を得る。堀辰雄、立原道造及びその亜流を贋物と感じ、ジョン・ダンの《Love's not so pure and abstract/as they use to say.》に共感す。》（自筆年譜）

《療養しているうちに、あるとき卒然と堀辰雄はおかしいのじゃないか、あれはペテンだ、と思うことがあった。それからしばらくして「マンスフィールド覚書補遺」というのを書いたのです。その補遺のほうで覚書に書いたものを引っくり返したわけです。》

（秋山駿との対談「私の文学を語る」）

この前に「Pureté」第二号（九月）には「小組曲」を書いている。

昭和三十年（一九五五）　二十二―二十三歳

《辛うじて進級試験に合格、第三学年に進む。長期欠席にも拘わらず、単位をあたえられし諸先生の御好意による。》（自筆年譜）

「Pureté」を読んだ「三田文学」編集部の山川方夫が「マンスフィールド覚書補遺」の書き手に注目、学生を介して「会いたい」と伝えて来た。五月、銀座西八丁目の並木通りにあった日本鉱業会館ビルの三階の「三田文学」編集室に行くと、山川方夫に何か書くように言われた。

《日本の作家について書け、という。そのとき考えまして、夏目漱石、小林秀雄、堀辰雄、これは否定論ですが、この三つの名前をあげたのです。そうしたら、山川君が漱石がいいだろうというのです。》（「私の文学を語る」）

このときのやりとりについては、次のような回想もある。

《「堀辰雄なら、一応作品を読んでいますから、書けば書けるとは思いますが……」

と、私は言葉を濁した。そして、いった。

「……でも本当は、漱石がやりたいんです」

「漱石はちょっと無理じゃないの。なにしろ漱石論は数も多いから」

と、その場に居合わせたもう一人がいった。焦茶の背広を着たその青年は、山川方夫の仲間で、一緒に編集を担当しているらしく見えた。そのとき、山川がいった。

「いや、君はやはり漱石を書き給え。本当に書きたいものだけを書いたほうがいい。いくら漱石論の数が多くたって、君の漱石論は一つしかないんだから」

その言葉に従って、私は病み上りの身体に鞭打ちながら、漱石論を書きはじめた。》

（『人と心と言葉』「君はやはり漱石を」）

六月に「Pureté」を改題した「位置」の第四号が出ている（「Pureté」からの通し号数）。ここに江藤淳「沈丁花のある風景(1)」（小説）が掲載されている。江藤淳という筆名を使った最初であろう。

《七、八月、安藤元雄の紹介によって借りた信濃追分の農家に泊り、「漱石論」を書く。宿泊費食費共一日百数十円なり。》（自筆年譜）

八月下旬、書き上げた原稿に「漱石ノート」という題をつけて「三田文学」編集部に送った。すると山川方夫から電報が来た、という回想（自筆年譜など）と、はがきが来た、という回想（『新編江藤淳文学集成』１「著者のノート」など）があるが、いずれにしても「三田文学」編集部に行くと、山川方夫は近くの喫茶店「サボイア」に連れて行き、

「ぼくはこの原稿は面白いと思う。しかしとにかく短かすぎると思う。いいかい、君は大事なことを簡単にいいすぎているんだ」

と言った（「日本と私」）。そこで二倍に書きのばす約束をし、題も山川の忠告によって

変えたのが「夏目漱石論」だった。

「三田文学」十一月号には「夏目漱石論（上）——漱石の位置について——」、十二月号には「夏目漱石論（下）——漱石の位置について——」が掲載される。

《父三井銀行を停年退職し、練馬区関町六丁目四百三十三番地に転居す。義母に漸く恢復の曙光さす。》（自筆年譜）

七年間にわたる帝銀社宅住いがようやく終った。

昭和三十一年（一九五六）二十三—二十四歳

山川方夫の勧めで「夏目漱石論」の続篇を執筆。「三田文学」七月号に「続・夏目漱石論（上）——晩年の漱石——」、八月号に「続・夏目漱石論（下）——晩年の漱石——」が掲載された。

やがて単行本になることが決る。

《私は、山川方夫や桂芳久、田久保英夫などが、「夏目漱石論」の分載が終るか終らぬうちから、

「これは本になるな」

といい交しているのを聴いていると、ほとんど天を畏れざるもの、という気持にならざるを得なかった。しかし、桂芳久の持って来てくれた何とか書房という所から新書判で出すという話が立ち消えになって、ホッとしたと思う間もなく、今度は田久保英夫が、今井達夫氏の紹介だという東京ライフ社の「作家論シリーズ」に入れるという話を持って来てくれて、これが驚いたことにバタバタと決ってしまった。》（『昭和の文人』）

東京ライフ社は編集一人、営業一人の小出版社だった。自分で小見出しをつけたり、校正したりしていると、今度は誰かの序文をもらって来いと言われる。

《「あんただって文学青年なら、一人ぐらい

日頃出入りしている先生がいるでしょう。まァ、佐藤春夫とはいわないまでもね」

と、苦味走ってちょっとニヒルな翳のあるOさんがいった。Oさんの担当は編集で、その肩書は専務取締役編集局長であった。》

（『昭和の文人』）

山川方夫に相談すると、

「それは平野謙さんがいい。是非平野さんに頼みたまえ」

と言われ、直接頼みに行くことになった。平野謙は「三田文学」でこれを読んだ時点で山川方夫に手紙を寄越していた。《数おおくの漱石論のなかでも、もっとも独創的な論である確信をふかめた次第である。私はその旨を三田文学編集長あてに書きおくった》と「序」にある。

こうして十一月二十五日付で東京ライフ社（東京都千代田区神田三崎町二）の「作家論シリーズ12」として江藤淳『夏目漱石』が刊行された。B6判函入り、二百八ページ、二百二十円。二千部作られたという。扉の裏に茶色の字で、

To Keiko

としるされている。翌年結婚することになる恋人の名である。

ささやかな出版記念会がおこなわれた。

《このときの会場は、接収を解除されて間もない新橋の第一ホテルで、主催は「三田文学」編集部であった。当時「三田文学」に「ジョン・ダン論」などを書いていた篠田一士氏や、篠田氏と同じ「秩序」の同人で、翻訳の原稿をしきりに編集部に持ち込んでいた丸谷才一氏も参会して、丸谷氏が、

「三田の西洋かぶれも、ここまで来れば本物というほかありません」

と、スピーチでおだててくれたのも、今となっては今昔の感に堪えない思い出だが、なんといっても忘れられないのは、この日全く

予期しなかった大先輩が、忽然と会場に現れたことであった。》

（『新編江藤淳文学集成』3「著者のノート」）

大先輩とは小島政二郎であった。

一方、この年九月には大学院の入学試験に合格。十二月には卒業論文 The Life and Opinions of the Late Rev. Laurence Sterne を提出していた。

「三田文学」十二月号では山本健吉・加藤周一・堀田善衞による座談会「東西文学の距離」の司会をしている。


昭和三十二年（一九五七）二十四―二十五歳

《三月、慶應義塾大学文学部英文学科を卒業、四月同大学大学院英文学研究科修士課程に進学す。五月、三浦慶子と結婚。武蔵野市吉祥寺二千七百山興ビル・メープルハウスに住む。慶子は元関東州庁長官・関東局総長三浦直彦の次女、慶應の同期生である。》（自筆年譜）
結婚式はせず、簡単な披露宴だけを（『夏目漱石』の出版記念会をやったのと同じ）新橋第一ホテルでおこなった（五月十五日）。仲人は三田文学会会長・奥野信太郎であった。
《結婚せしも奨学資金（月額六千円）のほかに定収なく、大学院内規によってアルバイトに教職に就くことを禁じられたため、やむなく家庭教師をして糊口す。慶子も家庭教師をする。》（自筆年譜）
《大学院に進んだころ、私は叔父が経営している私立高校の英語の非常勤講師として教えに行く許可を、指導教授に口頭で求めに行っていた。ところが意外なことに、許可を得ることはできなかった。大学院は学の蘊奥を究めるところであり、アルバイトなどしている暇はないはずだから、という理由であった。
私は素直にこれに従い、家庭教師数軒のかけ持ちをもって最初の計画に替えた。》

（『新編江藤淳文学集成』２「著者のノート」）

指導教授は西脇順三郎だったという。

「文學界」六月号に「生きている廃墟の影」を書く。商業文芸誌への初登場であった。原稿料は一枚四百円。六十枚ほどの原稿で、二万何千円かの小切手が送られて来て電気洗濯機を買ったという。

次いで、「文學界」八月号の座談会「日本の小説はどう変るか」に出席。出席者は（目次に載っている順にしるすと）石川達三・高見順・伊藤整・中村光夫・山本健吉・大岡昇平・福田恆存・野間宏・堀田善衞・遠藤周作・石原慎太郎・江藤淳・（司会）荒正人であった。

《この座談会で、私が発言していると、高見順が突然怒鳴り出すという一《ひと》幕があった。一瞬あっけに取られて高見氏の顔を見ているうちに、猛然と腹が立って来ていい返すことに決めた。》

（『新編江藤淳文学集成』２「著者のノート」）

十年後に大岡昇平もこう回想している。

《席上、「私小説」の問題が出た時、高見順が、「小僧っ子に何がわかるか」といったような威丈高な調子でなにかいったのに対し、礼儀正しく、しかし的確に受け答えしていたのを憶えている。》

（「江藤君の印象」、『江藤淳著作集』３　月報）

このあと「文學界」十一月号には「奴隷の思想を排す」を書いた。

《この頃安藤元雄の詩集『秋の鎮魂』上梓され、本郷学士会館に挙行された出版記念会ではじめて大江健三郎に逢う。これより先石原慎太郎と旧交を暖める。》（自筆年譜）

昭和三十三年（一九五八）二十五―二十六歳

一月から五月にかけて「日本読書新聞」で「文芸時評」を担当。

《年が明けて、そろそろ学年末の試験準備をしなければならないと思いはじめていたころ、私は慶応の英文科から、ものを書いているなら大学院を辞めるように勧告されたのである。勧告かそれとも不都合だから除籍するという教授会の決定かと問い合わせたところ、勧告だという。私はしばし呆然とした。いうまでもなく、ものを書くなということは、僅かばかりの生活の手段を奪われるに等しいからであった。》

（『新編江藤淳文学集成』２「著者のノート」）

誰が《勧告》したのかわからないが、指導教授がかばっていれば問題にはならなかったであろう。

《雑誌にものを書いて稿料を得るのは、いわば家庭教師の謝礼を補うためにほかならない。それまで停められてしまえば、霞を喰って生きるほかないではないか、大学院とは、学生の生活の手段を次々と奪い、そのことによって独り高しとするところか。学問をするためには、大金持の子弟でなければならないのか。私の頭には、このような想念が次々と浮んでは消えた。

その結果、やがて私は一つの結論を得た。つまり、(1)勧告にはしたがわない。(2)したがってあと一年在籍するが、三田の山には一日も登らない。(3)在籍するための授業料は自分で捻出する。(4)一年経ったら配達証明付きで慶応義塾に退学届を送付し、自主的に大学院を中退する。》（同前）

このようなはかない抵抗をしつつ、「群像」「中央公論」「短歌研究」などに次々と執筆、前年発表した二篇と併せて評論集『奴隷の思想を排す』（文藝春秋新社）を十一月に刊行した。

《ちょうどそのころ、遠藤周作氏の『海と毒薬』がやはり文藝春秋新社から本になり、私の『奴隷の思想を排す』と合わせて、合同の出版記念会をやろうという話が文春側から持ち上った。場所は旧新橋演舞場内の、新橋倶《ク》楽《ラ》部《ブ》だという。日取はいつだったか思い出せないが、多分本が出た直後のことだったにちがいない。》

（『新編江藤淳文学集成』３「著者のノート」）

『海と毒薬』はこの年の四月の刊行である。

《合同出版記念会は盛会で、遠藤周作氏に対しては同じカトリックの誼みで曾野綾子さんが、私に対しては旧制湘南中学の同窓生という縁で石原慎太郎氏が、それぞれ祝辞を述べた。》

（同前）

昭和三十四年（一九五九）二十六―二十七歳

一月、書き下ろしの『作家は行動する』（講談社）が刊行された。＊のちに角川選書版（昭和四十四年）、新版（河出書房新社・昭和六十三年）が出ている。

《三月、退学届を送付し、正式に慶應義塾大学院を退く。昭和三十三―四年の一学年間は思う所あって一日も登校せず。徒に授業料を空費せし感あり。》

（自筆年譜）

八月、評論集『海賊の唄』（みすず書房「みすず・ぶっくす」）刊（「みすず・ぶっくす」は新書判のシリーズ）。

八月三十日と三十一日には「三田文学」主催のシンポジウムがおこなわれ、司会を務めた。出席者は浅利慶太・石原慎太郎・大江健三郎・城山三郎・武満徹・谷川俊太郎・羽仁進・山川方夫・吉田直哉。このシンポジウムは「発言」という題がつけられ、「三田文学」十月号には参加者のエッセイ、十一月号にはシンポジウムの記録が載っている。

《秋、都下吉祥寺より都内目黒区下目黒四丁目八百七十番地に転居す。コッカースパニエル犬ダーキイ来る。》

（自筆年譜）

この年の二月ごろから大岡昇平と手紙のや

りとりがあり、大岡らを同人とする「聲」への執筆を勧められる。

昭和三十五年(一九六〇)二十七—二十八歳

「聲」第六号(一月)から「小林秀雄論」を連載。

一月、『作家論』(中央公論社)刊。

二月、講談社「ミリオン・ブックス」の一つとして『夏目漱石』の新版が出た。

三月、前年「三田文学」に載ったシンポジウムの記録が『シンポジウム発言』(河出書房新社)として刊行される。江藤淳は「編者」あるいは「著者代表」と表示されている。

十月、『日附のある文章』(筑摩書房)刊。自筆年譜では《時事論集》と説明されている。

十二月から「朝日新聞」で「文芸時評」を担当した。

昭和三十六年(一九六一)二十八—二十九歳

「小林秀雄論」を連載していた「聲」が第十号(昭和三十六年一月)で休刊となり、その続きを「文學界」五月号から十二月号まで連載。

十一月、『小林秀雄』(講談社)刊。*のちに普及版(講談社・昭和四十年)、角川文庫版(昭和四十四年)、講談社文庫版(昭和四十八年)が出ている。

同じく十一月、翻訳『クルップ五代記』(N・ムーレン著、新潮社「ポケット・ライブラリ」)刊。

昭和三十七年(一九六二)二十九—三十歳

八月、妻とともに渡米。

《昭和三十七年に当時ロックフェラー財団が毎年一人ずつ、日本から文学者を招いて留学させていたのの選にはいりました。一番最初に行かれたのは『路傍の石』の山本有三さんです。アメリカに行って、アメリカの大学に籍を置く。勉強はさほどしなくてもいいから一年間いて、アメリカの〝民主的社会のよさ〟を見て、日本へ帰ってくるという制度です。べつにアメリカのよさを宣伝しろとはいわないのですけれども。ずいぶんいろいろな方が行かれました。小島信夫さんとか、阿川弘之さん、安岡章太郎さん、有吉佐和子さんなどが、私の前に行かれたわけです。》

（『考えるよろこび』「英語と私」）

九月からプリンストンに住む。日本から雑誌を送らせて「朝日新聞」の「文芸時評」は書き続けた（十二月まで）。

十月、『西洋の影』（新潮社）刊。

十一月、『小林秀雄』が新潮社文学賞に決ったという知らせを受け取る。

昭和三十八年（一九六三）　三十―三十一歳

前年はロックフェラー財団研究員であったが、この六月、プリンストン大学の教員として採用され、日本文学史を講ずることになる。

十月、『文芸時評』（新潮社）刊。

昭和三十九年（一九六四）　三十一―三十二歳

四月、《義祖父日能英三長逝の報を聞く。感慨無量なり。》

（自筆年譜）

六月、アメリカを離れ、ヨーロッパを回って八月帰国。

九月から「朝日ジャーナル」に「アメリカと私」を連載（九月六日号から十一月八日号まで）。毎回、《筆者撮影》または《江藤夫人撮影》というクレジットのある写真があしらわれている。

渋谷、市川などを転々としたのち、十二月

に市ヶ谷の分譲マンションに住むことになった。

十二月から再び「朝日新聞」に「文芸時評」を書く（昭和四十一年十一月まで）。

昭和四十年（一九六五）　三十二―三十三歳

一月、『アメリカと私』（朝日新聞社）刊。

＊のちに講談社「名著シリーズ」版（昭和四十四年）、講談社文庫版（昭和四十七年）、文春文庫版（平成三年）が出ている。

二月二十日、山川方夫交通事故のため死去。《痛恨きわまりなし。》（自筆年譜）

四月、慶應義塾大学における久保田万太郎記念講座「現代芸術」の講師となる（この年度前期のみ）。久保田万太郎は生前、死後の著作権を慶應義塾に寄贈する手続きをしていた。昭和三十八年、久保田万太郎急逝ののち慶應義塾に「久保田万太郎記念資金」が設置され、昭和三十九年度から久保田万太郎記念講座が始まった。最初の講師は佐藤春夫であったが、昭和三十九年五月に急逝。その後は西脇順三郎が担当していた。

六月、新装増補版『夏目漱石』（勁草書房）刊。扉裏に《山川方夫に捧ぐ》という献辞が加えられた。

この年、新潮社文学賞の銓衡委員となる（ほかに小林秀雄・中村光夫・平野謙ら）。「新潮」二月号で告知。翌年一月号で受賞作の発表がある。昭和四十三年（二月号で結果を発表）まで続けた。

昭和四十一年（一九六六）　三十三―三十四歳

三月、講談社「名著シリーズ」の一冊として『夏目漱石』の新版が出る。

四月、『犬と私』（三月書房）刊。

十一月、『われらの文学』22『江藤淳　吉本隆明』（講談社）刊。「小林秀雄（第一部）」「夏目漱石（第二部）」「アメリカと私」および新稿「文学と私」を収録。

昭和四十二年（一九六七）三十四―三十五歳

一月から「朝日ジャーナル」に「日本と私」を連載（一月一日号から三月十九日号まで）。

三月、『続・文芸時評』（新潮社）刊。

四月、再び慶應義塾大学における久保田万太郎記念講座「現代芸術」の講師となる（この年度前期のみ）。またこのあと昭和四十五年前後に慶應義塾大学国文科の非常勤講師を務め、夏目漱石の授業をしていたというが、詳しいことは今わからない。

同じく四月、遠山一行・高階秀爾らと「季刊藝術」を創刊、「一族再会」の連載を始める。

六月、『成熟と喪失』（河出書房新社）刊。

＊のちに河出文芸選書版（昭和五十年）、講談社文庫版（昭和五十三年）、新装版（河出書房新社・昭和六十三年）、講談社文芸文庫版（平成五年）が出ている。

七月、『江藤淳著作集』（講談社）全六巻の刊行始まる（十二月完結）。

この年、群像新人文学賞の銓衡委員となる（ほかに大江健三郎・野間宏・安岡章太郎）。「群像」六月号で新しい銓衡委員を告知。翌年六月号で発表（小説当選作・大庭みな子「三匹の蟹」）。昭和四十七年（六月号で結果を発表）まで続けた。

昭和四十三年（一九六八）三十五―三十六歳

「群像」一月号の対談「現代をどう生きるか」で《大江健三郎と厳しく対立する》。（自筆年譜）

この対談は前年十月九日におこなわれている。その前月、大江健三郎『万延元年のフットボール』が刊行されており、その話題から始まっていた。

「三田文学」一月号で「特集・江藤淳」が組まれ、秋山駿との対談「私の文学を語る」も載った。これは遠藤周作が編集長になって誌面を刷新した最初の号だった。秋山駿を聞き手とする「私の文学を語る」はこのあとも続き、二月号では大江健三郎が前号の江藤淳の発言に反駁している。

九月、『夏目漱石』が角川文庫にはいる。

昭和四十四年（一九六九）三十六—三十七歳

五月、『崩壊からの創造』（勁草書房）刊。

七月、『表現としての政治』（文藝春秋）刊。「人と思想」シリーズの一つで、過去の文章を集めた一巻本選集とも言うべきもの。

同じく七月、『日本現代文学全集』107『現代文芸評論集』（講談社）刊。「明治の一知識人」を収録。

十月、秋山駿『対談・私の文学』（講談社）刊。「三田文学」連載のインタビューをまとめたもの。巻頭に江藤淳との対談が載っている。

この年、文藝賞の選考委員となる（ほかに小島信夫・武田泰淳・野間宏・福永武彦）。最初の発表はこの年の十二月号。

昭和四十五年（一九七〇）三十七—三十八歳

一月、講演集『考えるよろこび』（講談社）刊。＊昭和四十九年に講談社文庫版が出ている。

一月より「毎日新聞」で文芸時評の連載を始める（昭和五十三年十一月まで）。

八月、『漱石とその時代』（新潮選書）の第一部と第二部を刊行。昭和四十一年十一月起筆の書きおろしであった。

九月、『旅の話・犬の夢』（講談社）刊。＊昭和四十九年に角川文庫版が出ている。

十月、ソビエト作家同盟の招きによりソビエトを訪問中、モスクワのホテルで『漱石とその時代』による菊池寛賞受賞の報を受ける。

十一月、同じ本により野間文芸賞。

同じく十一月、慶應義塾評議員となる（平成二年十月まで）。

十一月二十五日、三島事件起こる。ただちに朝日新聞社に呼ばれ、武田泰淳・市井三郎と座談会をおこなう（翌日の「朝日新聞」朝刊に掲載）。

昭和四十六年（一九七一）　三十八―三十九歳

「新潮」一月臨時増刊「三島由紀夫読本」で中村光夫と対談「三島由紀夫の文学」。

四月、東京工業大学に助教授として着任。

《私は、学校の人間関係によって採用されたのではないのです。そうではなくて、大学紛争で永井道雄とか川喜田二郎とかいう人たちが東工大を辞めてしまった。その穴を埋める……、まあ穴といっては語弊がありますけれども、あの学校は非常に公正な学校で、そのときに広く人材を求めようというので選考委員会をおこした。そこで選考されたから来てくれるかと、ある日突然、まったく聞いたこともない名前の先生から電話がかかってきました。それで「えっ、どういうことですか」と聞いたところ、これこれしかじかという話で、それは願ってもない、これでやっと俸給がちゃんと日本でもとれるようになった……。》

（『国家とはなにか』「SFCと漱石と私」）

七月、講談社文庫が創刊され、最初の発売書目の一つとして『夏目漱石』がはいった。

昭和四十七年（一九七二）　三十九―四十歳

三月、『現代の文学』27『江藤淳集』（講談社）刊。「成熟と喪失」「夏目漱石」「アメリカと私」などを収録。

同じく三月、『夜の紅茶』（北洋社）刊。

四月、『アメリカ再訪』（文藝春秋）刊。

同じく四月、翻訳『チャリング・クロス街84番地』（ヘレーン・ハンフ編著、日本リーダーズダイジェスト社）刊。＊のち新版（講談社・昭和五十五年）、中公文庫版（昭和五十九年）が出ている。

八月、『現代日本文学大系』66『河上徹太郎・山本健吉・吉田健一・江藤淳集』（筑摩書房）刊。「夏目漱石」「批評と文体」「批評について」「アメリカと私（抄）」「文学と私」を収録。

十二月、日本文藝家協会常務理事となる。

昭和四十八年（一九七三）　四十―四十一歳

一月、『江藤淳著作集　続』（講談社）全五巻の刊行始まる（五月完結）。

二月、東京工業大学教授に昇任。

五月、『一族再会』第一部（講談社）刊。＊のちに講談社文庫版（昭和五十一年）、講談社文芸文庫版（昭和六十三年）が出ている。

六月、NHK解説委員となる。

八月、『批評家の気儘な散歩』（新潮選書）刊。昭和四十四年におこなった連続講演会をもとにしたもの。

同じく八月、足立康との共訳という形で『生きている日本』（ドナルド・キーン著、朝日出版社）が出ている。「江藤淳・足立康訳」と表示されているが、江藤淳「訳者あとがき」に《この本を訳出したのは、友人足立康氏である。書肆の強い要望によって訳者として名を連ねたが、翻訳者としての功績がすべて足立氏に帰されるべきものであることはいうまでもない》とある。

十月、東京大学教養学部講師となる（翌年三月まで）。

十一月、慶應義塾大学三田祭で講演「日本の進路」。


昭和四十九年（一九七四）　四十一―四十二歳

一月、『文学と私・戦後と私』（新潮文庫）刊。自選による新編集の随筆集。

四月、『海舟余波――わが読史余滴』（文藝春秋）刊。＊昭和五十九年に文春文庫版が出ている。

同じく四月、『江藤淳全対話』（小沢書店）全四巻の刊行始まる（七月完結）。

「三田評論」八・九月（合併）号でジョージ・スタイナーと対談「現代と文学・現代とことば」。五月三十一日にＮＨＫテレビで放映されたもの。スタイナーは慶應義塾大学久保田万太郎記念資金の招きで来日。

十一月、『夏目漱石』にその後の漱石論を大幅に増補した『決定版　夏目漱石』（新潮社）を刊行する。

同じく十一月、豪華限定本『フロラ・フロラアヌと少年の物語』（北洋社）刊。＊昭和五十三年に普及版（北洋社）が出ている。


昭和五十年（一九七五）　四十二―四十三歳

一月、『こもんせんす』（北洋社）刊。昭和四十八年から始まる「週刊現代」連載エッセイ（談話筆記によるもの）の単行本化。

同じく一月、学位請求論文『夏目漱石「薤露行」の比較文学的研究』を慶應義塾大学に提出。

三月、文学博士となる。

五月十五日、慶應義塾大学主催の福澤諭吉ウェーランド講述記念講演会（三越劇場）で講演「漱石研究余滴」。「三田評論」七月号グラビアに写真を掲載。同八・九月（合併）号に講演録を掲載。

九月、『漱石とアーサー王傳説――「薤露行」の比較文學的研究』（東京大学出版会）刊。巻頭、口絵の次のページに《父上に》という献辞がある。＊平成三年に講談社学術文庫版が出ている。

十二月、『続こもんせんす』（北洋社）刊。

昭和五十一年（一九七六）四十三―四十四歳

一月、「文藝春秋」に連載した「海は甦る」（昭和四十八年一月号から昭和五十年十二月号まで）が文藝春秋読者賞となる。送りがなを一つ加えて『海は甦える』第一部とし、第一部がこの月に、二月に第二部が刊行された（文藝春秋）。＊このあと昭和五十七年に第三部、昭和五十八年に第四部・第五部が出て完結。昭和六十一年には文春文庫版も出ている。原作・脚本を担当したドキュメンタリー・ドラマ『明治の群像――海に火輪を』（NHK総合テレビ）が一月から十二月まで放映された。

四月、日本芸術院賞を授けられる。

九月、『明治の群像I――海に火輪を』（新潮社）刊。テレビのシナリオにカラーの図版やエッセイなどを織り交ぜた大判の本。IIは翌年三月刊。

十月、東京大学大学院文学研究科（駒場）の講師となる（昭和五十三年三月まで）。

十二月、『続々こもんせんす』（北洋社）刊。

昭和五十二年（一九七七）四十四―四十五歳

六月、編書『朝日小事典　夏目漱石』（朝日新聞社）刊。

八月二十九日、三時間ドラマ『海は甦える』

（TBSテレビ）放映される。

十二月一日、慶應義塾大学日吉校舎で講演。

十二月、『再びこもんせんす』（北洋社）刊。


昭和五十三年（一九七八）四十五―四十六歳

二月、編書『勝海舟』（中央公論社『日本の名著』32）刊。＊昭和五十九年には中公バックス版が出ている。

四月、『もう一つの戦後史』（講談社）刊。

五月、『なつかしい本の話』（新潮社）刊。

五月十五日、父・隆死去。《兵庫県議会百周年記念式典にて講演のために神戸に出張中にて死に目に遭えず。講演を中止し急遽空路帰京せるも痛恨極りなし》（自筆年譜）

九月、対談集『蒼天の谺』（北洋社）刊。

十一月、『再々こもんせんす』（北洋社）刊。


昭和五十四年（一九七九）四十六―四十七歳

一月、『歴史のうしろ姿』（日本書籍）刊。

同じく一月、『日付のある対話』（北洋社）刊。

六月、『仔犬のいる部屋』（講談社）刊。

七月、『決定版　夏目漱石』が新潮文庫にはいる。

同じく七月、「季刊藝術」通巻第五十号で休刊となる。

七月十四日、小林秀雄に逢う。これが最後の対面となった。

《その年の九月末から一年間、米国ワシントンに在るウィルソン研究所に出向することがすでに決っていたので、そのことを報告しがてら、あいさつに行ったのである。

そのとき、小林氏は、激しい語調で日本のマスコミの現状を批判した。一々もっともなことばかりであった。現に私は当時、日本のマスコミがどうしてこうなってしまったのか不審に思い、その根源を探るために米国に出かけ、占領中の史料をできるだけ広く渉猟したいと思っていた。

そこで、その計画を小林氏に告げ、文学概念も近ごろではひどく狭いものになってしまったが、もともとは儒学をも包摂するもっと広いものであったはずだ。私は及ばずながら、その儒の一端を心がけたいと思います、といった。

すると、小林氏が破顔一笑していった。

「そりゃあいい、お前さん、是非当分その儒でおやんなさい。そういう時期に来ているんだから、思い切っておやんなさい」》

（『西御門雑記』）

十月、国際交流基金派遣研究員としてウィルソン研究所に赴任。占領史の研究に没頭。

十二月、『忘れたことと忘れさせられたこと』（文藝春秋）刊。＊平成八年には文春文庫版が出ている。


昭和五十五年（一九八〇）四十七―四十八歳

三月、『パンダ印の煙草』（北洋社）刊（「こもんせんす」の単行本化）。

五月、編書『終戦を問い直す』（『終戦史録』別巻、北洋社）刊。昭和五十三年におこなわれたシンポジウムの記録。

八月、帰国。

十月、『一九四六年憲法――その拘束』（文藝春秋）刊。


昭和五十六年（一九八一）四十八―四十九歳

四月、『ワシントン風の便り』（講談社）刊（「こもんせんす」の単行本化）。

六月、開高健との対談『文人狼疾ス』（文藝春秋）刊。

十一月、『落葉の掃き寄せ』（文藝春秋）刊。同じく十一月、編書『占領史録』（講談社）

全四巻の刊行始まる（翌年八月完結）。＊のちに講談社学術文庫版（平成元年）、同じ文庫の新装版（平成七年）が出ている。

　この年、日本文学大賞（新潮社）の審査委員となる（「新潮」七月号で結果を発表）。


昭和五十七年（一九八二）　四十九―五十歳

　四月二日、鎌倉市西御門一丁目十五番五号に転居。

　十一月、『ポケットのなかのポケット』（講談社）刊（「こもんせんす」の最後の単行本化）。


昭和五十八年（一九八三）　五十―五十一歳

　三月一日、小林秀雄死去。本葬の司会を務める。

　六月、『三匹の犬たち』（河出文庫）刊。三代の飼い犬（ダーキイ、アニイ、パティ）についてのエッセイを集めた新編集の文庫本。慶子夫人の描いたさし絵を多く含む。

　同じく六月、講演集『利と義と』（TBSブリタニカ）刊。

　この年、新潮新人賞の審査委員となる（ほかに安岡章太郎・加賀乙彦・大庭みな子・中上健次）。「新潮」九月号で新しい審査委員を告知。翌年七月号で発表。昭和六十二年（七月号で結果を発表）まで続けた。


昭和五十九年（一九八四）　五十一―五十二歳

　九月、『自由と禁忌』（河出書房新社）刊。
＊平成三年に河出文庫版が出ている。
　十一月、『西御門雑記』（文藝春秋）刊。

　同じく十一月、『新編江藤淳文学集成』（河出書房新社）全五巻の刊行始まる（翌年三月完結）。

昭和六十年（一九八五）　五十二—五十三歳

「三田文学」が季刊で復刊し、春季号（五月）から「紅茶のあとさき」を連載する（平成七年秋季号まで）。

九月、『大きな空　小さい空——西御門雑記Ⅱ』（文藝春秋）刊。扉裏に《荒沢玄太郎さんの霊に捧ぐ》とある。自宅の庭を任せていた庭師で、この年の四月に七十五歳で亡くなっていた。

十月、蓮實重彦との対談『オールド・ファッション——普通の会話　東京ステーションホテルにて——』（中央公論社）刊。＊昭和六十三年に中公文庫版が出ている。

十一月、『近代以前』（文藝春秋）刊。昭和四十年から四十一年にかけて「文學界」に連載した「文学史に関するノート」の単行本化。

十二月、『女の記号学』（角川書店）刊。＊平成元年に角川文庫版が出ている。

昭和六十一年（一九八六）五十三—五十四歳

七月、『日米戦争は終わっていない』（発行・ネスコ、発売・文藝春秋）刊。＊これは新書判だったが、翌年ハードカバーの新版が出ている。語りおろし。

十二月、小堀桂一郎との共編『靖国論集』（日本教文社「教文選書」）刊。

同じく十二月、『去る人来る影』（牧羊社）刊。人物評や追悼文を集めた新編集本。

昭和六十二年（一九八七）五十四—五十五歳

一月、日本文藝家協会書籍流通問題特別委員会の委員長となる。

四月、『昭和の宰相たちⅠ』（文藝春秋）刊。＊十一月にⅡが出る。以後、Ⅲ（平成元年）、Ⅳ（平成二年）と続いた。

六月、『同時代への視線』(PHP研究所)刊。

七月、『批評と私』(新潮社)刊。

「新潮」十月号で三島由紀夫賞の創設が発表され、審査委員となる(ほかに大江健三郎・筒井康隆・中上健次・宮本輝)。翌年七月号で最初の発表がある。


昭和六十三年(一九八八)　五十五―五十六歳

三月、長田庄一との対談『日本は世界を知っているか』(サイマル出版会)刊。

四月、前に出た二冊を一冊にした『落葉の掃き寄せ　一九四六年憲法――その拘束』(文藝春秋)が出る。＊平成七年には合本の形のまま『一九四六年憲法――その拘束　その他』の題で文春文庫にはいる。

「新潮」五月号(創刊一〇〇〇号記念号)で大江健三郎・開高健・石原慎太郎と座談会「文学の不易流行」。


九月、パリのユネスコ本部に招かれて講演し、レヴィ＝ストロースと対談。

昭和六十四年・平成元年(一九八九)　五十六―五十七歳

二月、編書『犬』(作品社「日本の名随筆」76)刊。「仔犬のいる部屋」を収録。

三月、『昭和文学全集』第27巻『福田恆存　花田清輝　江藤淳　吉本隆明　竹内好　林達夫』(小学館)刊。「夏目漱石(第二部)」「成熟と喪失」「日本文学と『私』」「戦後と私」「文学と私」などを収録。

四月、『リアリズムの源流』(河出書房新社)刊。

五月、『離脱と回帰と』(日本文芸社)刊。富岡幸一郎によるインタビューをまとめたもの。

同じく五月、『連続対談　文学の現在』(河出書房新社）刊。

七月、『昭和の文人』（新潮社）刊。

同じく七月、『天皇とその時代』（ＰＨＰ研究所）刊。

八月、『閉された言語空間――占領軍の検閲と戦後日本』（文藝春秋）刊。＊平成六年には文春文庫版が出ている。

十一月、『全文芸時評』上下（新潮社）刊。

十二月、『新編　夜の紅茶』（牧羊社）刊。

平成二年（一九九〇）　五十七―五十八歳

三月、『新編こもんせんす抄』（ＰＨＰ研究所）刊。既刊の『こもんせんす』シリーズから抄出したもの。

四月、慶應義塾大学法学部客員教授となる。

平成三年（一九九一）　五十八―五十九歳

「新潮」一月号より「漱石とその時代」第三部を連載（平成五年八月号まで）。

五月、石原慎太郎との共著『断固「ＮＯ」と言える日本』（光文社「カッパ・ホームス」）刊。

十二月、日本芸術院会員となる。

同じく十二月、『日本よ、何処へ行くのか』（文藝春秋）刊。

平成四年（一九九二）　五十九―六十歳

二月、慶應義塾大学環境情報学部教授となる。

四月、『漱石論集』（新潮社）刊。『決定版夏目漱石』以降の漱石論の集成。

七月から九月にかけて週一回、ＮＨＫ教育テレビ「人間大学」で「明治を創った人々」を放送（全十三回）。七月に同題のテキスト（日本放送出版協会）を刊行。

十月、『言葉と沈黙』（文藝春秋）刊。

平成五年（一九九三）　六十―六十一歳

一月、『近代作家研究叢書』（日本図書センター）128として、東京ライフ社版『夏目漱石』の復刻（影印）版が出る。初版本の扉から奥付のあとの広告までをほぼ原寸で再現した本だが、造本・装丁は別。

七月、『大空白の時代』（ＰＨＰ研究所）刊。

十月、『漱石とその時代』（新潮選書）第三部刊。

「新潮」十一月号より「漱石とその時代」第四部を連載（平成八年六月号まで）。

平成六年（一九九四）　六十一―六十二歳

二月、カセットテープ『「漱石とその時代」を語る』（新潮カセット）を発売（前年十一月におこなった講演の録音）。

六月、日本文藝家協会理事長となる。

十一月、『腰折れの話』（角川書店）刊。

十一月、弟・輝夫死去。享年五十。

十二月、『日本よ、亡びるのか』（文藝春秋）刊。

平成七年（一九九五）　六十二―六十三歳

四月、三田文学会理事長となる。

九月、『人と心と言葉』（文藝春秋）刊。

十二月七日、日本文藝家協会理事長として再販制度の見直しに反対する声明を出す。

平成八年（一九九六）　六十三―六十四歳

三月、『渚ホテルの朝食』（文藝春秋）刊。

同じく三月、『荷風散策――紅茶のあとさき――』（新潮社）刊。＊平成十一年には新潮文庫版が出ている。

四月、編書『日米安保で本当に日本を守れるか──新しい同盟は可能か』（ＰＨＰ研究所）刊。

七月、国語審議会副会長となる。

九月、『保守とはなにか』（文藝春秋）刊。

十月、『漱石とその時代』（新潮選書）第四部刊。

「文藝」冬季号（十一月）の「文藝賞発表」に際し、選評の代りに「辞任の弁」（八月二十六日付）を掲載（選考委員会の前に辞任）。

平成九年（一九九七）　六十四─六十五歳

「新潮」一月号より「漱石とその時代」第五部を連載（休載をはさみつつ平成十年十月号〈第十五回〉まで掲載された）。

一月より「産経新聞」一面のコラム「月に一度」を連載。

四月、大正大学文学部教授となる。

六月二十日、日本文藝家協会による「電子メディア時代の知的所有権を考えるシンポジウム」が開催され、司会を務める。

「新潮」七月号の「三島由紀夫賞発表」に際しては選評の代りに「欠席の弁」を掲載（指導した教え子の修士論文をまとめた書物が候補作の中にあったため）。この回をもって三島由紀夫賞の審査委員を辞す。

七月、『群像日本の作家』27『江藤淳』（小学館）刊。

十月一日、日本文藝家協会理事長として著作物の再販制維持を要望する声明を再び出す。同じく十三日、文字コード問題に関する要望書を国語審議会に出す。

十月、『国家とはなにか』（文藝春秋）刊。

十二月、正論大賞と決る。

平成十年（一九九八）　六十五─六十六歳

二月九日、正論大賞贈呈式に夫婦で出席。

二月、『月に一度』（産経新聞社ニュースサービス発行、扶桑社発売）刊。

三月、義母・千恵子（本名・ちゑ）死去。享年八十六。

三月、『南洲残影』（文藝春秋）刊。

四月、『作家の自伝』75『江藤淳』（日本図書センター）刊。「アメリカと私」「戦後と私」「一族再会（「母」）」「なつかしい本の話（抄）」を収録。

十一月七日、妻・慶子死去。享年六十四。

十二月、『南洲随想　その他』（文藝春秋）刊。

平成十一年（一九九九）　六十六歳

四月十日発売の「文藝春秋」五月号に「妻と私」を掲載。四月二十四日の三田文学会総会と三田文学新人賞授賞式に出席、プレゼンターを務め、祝辞を述べる。

五月十三日、日本文藝家協会総会に出席。

六月七日、「文學界」の新連載「幼年時代」の第一回の原稿を渡す。六月十日、脳梗塞の発作があり、入院（七月八日、退院）。

七月七日、『妻と私』（文藝春秋）刊。同じ日に発売の「文學界」八月号に「幼年時代（一）」を掲載。七月八日、日本文藝家協会理事長を辞任。七月二十一日、「幼年時代」の第二回の原稿を自宅で「文學界」編集長に渡し、そのあと浴室で手首を切って自殺。

八月七日発売の「文學界」九月号に「幼年時代（二）」を掲載。「幼年時代（一）」も再録。「文藝春秋」九月号に「妻と私」を再録。

十月、『幼年時代』（文藝春秋）刊。

十二月、『漱石とその時代　第五部』（新潮選書）刊。

平成十二年（二〇〇〇）

十月、自宅に残されていた蔵書・原稿・書簡・GHQ関連文書などが大正大学図書館に移される。

付記

著書の再刊、文庫化などの注記は、亡くなった年までに刊行されたものに限った。「自筆年譜」は『新編江藤淳文学集成』5に収録のもの。

解説　批評家の最後の闘争

與那覇潤

一　乳児と検閲

一方、母はといえば、その「お話」の意味するところを、いうまでもなく十二分に理解していたに違いない。それはもとより禁止もなければ、検閲も存在しない世界である。無論私は、この頃のことを何一つ覚えてはいない。しかし、他の乳児たち同様に、自分にもかつてはそういう世界が確実に在ったのは、まぎれもない事実なのである。（一三五頁。傍点は引用者、以下同じ）

『幼年時代』第二回の右の一節は、異様である。

この原稿を自宅で掲載誌の編集者に渡した一九九九年七月二一日、江藤淳は浴槽で手首を切り、亡くなる。遺書を除けば、批評家の文字どおりの絶筆となった文章だ。

「お話」にカッコが附されているとおり、書かれているのは江藤が生後二か月のとき、生母に甘えて言葉ならざる声を発していたという、それだけの話である。読者の誰もが通過した自明の季節について、わざわざ「他の乳児たち」と比較し、そこには「検閲」がなかったとまで述べる人の感性は、ふつうではない。

もちろん江藤の著書になじんだ人なら、一九八一年の『落葉の掃き寄せ　敗戦・占領・検閲と文学』に前後して発表された、多数の「検閲研究」を想起するだろう（八九年に単行本となる『閉された言語空間』も、連載開始は八二年）。中学・高校生だった青春期にGHQによる占領を迎え、当時は「言葉が奪われていた」事実に後から気づいた文学者が、そのショックを乳児期の描写にまで遡らせて叙述している。そう解するのも不可能ではない。

もし江藤を通じて「戦後史を綴る」だけでよいなら、そうした読解もそれなりには妥当で、なにより政治的に安全かもしれない。だが併録された『妻と私』とともに読むとき、私の目には江藤の言う「検閲」が、限られた時期に特定の勢力が行った単なる史実としての挿話を超えて、人が生きる際の困難を象徴する一語として浮かびあがる。

二　告知と責任

『妻と私』は、一九九八年の一一月に慶子夫人を失った江藤が、翌九九年の『文藝春秋』五月号に寄せた手記だ。本人が述べるように「これほど短期間にこれほど大きな反響を生んだものは、ほかに一つもない」（一〇八頁）ほどの評判を博し、七月に単行本となる。しかし同月に江藤が自死を遂げたため、追悼特集を組んだ『文藝春秋』の九月号ではもういちど掲載されている。いわば一年のあいだに三度刊行されるほど、『妻と私』は同時代の読者を揺さぶる文章だった。

なにが、そこまでの反響を呼び起こしたのか。ひとつには江藤が得ていた知名度と権威だが、それだけではありえない。当時は一九九七年夏にわが国初の臓器移植法が成立した直後で、人の死をめぐる「自己決定権」の当否が、ＴＶを含むマスメディアで激論された記憶が生々しかった。拙著『平成史　昨日の世界のすべて』（文藝春秋）に記したように、それはポスト冷戦期にあれほど輝いて見えた自由と自立の理想が、翳《かげ》りを帯び失速してゆく前触れでもあった。

『妻と私』で、医師から妻が末期がんの状態にあると知らされた江藤は、こう書く。

医者は、当の本人には「脳内出血」だといっているのだ。そして、家族には本当の病名を告げて、家族からそれを患者に「告知」せよという。……これは患者にとってはもちろん、家族にとっても残酷きわまる方法ではないか。しかも、「告知」の責任だけを負わされて、患者を救うことのできない家族にいたっては、あまりに惨めというほかないではないか。（二一七―二一八頁）

「いくら現代の流行であるにせよ、このからくりには容易に同調できない」（二一八頁）と憤る江藤は、妻に対して告知はしないと決める。そもそも「不必要な苦痛を味わわずに、静かに眠るがごとく逝きたい」（三五頁）というのが、夫妻で長年話しあった理想の臨終だからだ。しかし病院長と高校時代から友人だったのは妻の方で、医療の知識で劣ると自認する夫には、彼女に病名を隠しきる自信が持てない。だからターミナルケアの鎮痛剤を「新薬の抗生剤だ」と偽って与えたときも、「医学知識に詳しい家内が『新薬』の性質に気付いていないとも思われなかった」（七〇頁）。

小林秀雄亡き後（一九八三年没）、文壇を代表する保守派となって久しい江藤だが、その本領はマッチョイズムにはない。むしろ敗戦以降、日本ではいかに威厳ある家父長なる存在が不可能になり、夫が妻を守れなくなったかが、六七年刊行の主著『成熟と喪失』の主題だった（とくに、その小島信夫『抱擁家族』論）。

だが、まさか自身がかつて評論した対象と同じ役柄を、より無力な形で演じさせられ、その過程を散文に記し公表することになろうとは。いわば批評家が作中人物に化けて小説に紛れ込んでしまう、メタフィクションめいた事態がリアルに起きた。『妻と私』はその困難を体験者の目で綴った、類書のない当事者研究でもある。

三　批評と沈黙

そもそも批評とは、なんだろう。それは世界の自明性が壊れてしまった後で、作品（＝批評の対象）に感じる「意味」を媒介とすることで、他者との関係を作りなおそうとする試みだと思う。

鑑賞した百人が百人、同じように抱くだろう感想を書いた文章を、批評とは呼ばない。それは単に自明なものをなぞるに過ぎない。一方で「こんな独創的な解釈ができるのは私だけだ」と批評家が誇るとき、実は彼（ないし彼女）こそが、他者にもその解釈を共有してほしいと――つまり自分が感じとった「意味」は、批評の読者にも理解されうるはずだと信じている。そうでなければ、わざわざ批評として文字にする必要はない。

江藤にとっての慶子夫人は、おそらく批評を通じて最も繋がりたい相手であり、同志であり、そして厄介な他者だった。

死別へと向かう『妻と私』の不穏な予感は、「はじめてアメリカに留学したとき、……家内の顎が突然はずれたことがある。そのように家内には、予想もできない不思議なことがときどき起った」（二一頁）と記されることで始まる。一九六五年に刊行された『アメリカと私』の冒頭にある、ファンにはよく知られた挿話を指すものだ。同書と、その後日談である「日本と私」とを並べて読むとき、本書の背景をなす恩讐とともにある夫妻の旅路が、痛々しくも鮮やかに姿を現す。

江藤淳が慶大の同期生だった三浦慶子と結婚したのは、大学院に在学中の一九五七年。戦後世代を代表する批評家として名を上げた後、六二年にロックフェラー財団のプログラムでプリンストンに招かれるが、ロサンゼルスでいきなり夫人が体調を崩す。なんとしても医療費を支給させるべく、財団相手に奮闘した体験を皮切りとして米国風の自主自立の精神を体得してゆく過程が、『アメリカと私』の主旋律をなす。

六四年の帰国後を綴る「日本と私」の初回によれば、帰路に欧州を経由した際にも慶子夫人は腹痛で入院し、江藤は旅程をキャンセルしている。『アメリカと私』と同じ『朝日ジャーナル』誌に六七年から連載されたものの、盟友だった山川方夫の事故死（六五年）を描いたところで中絶し、単行本にはならなかった。書籍に入るのは江藤の没後、福田和也氏の編んだ『江藤淳コレクション2　エセー』が初である。

「日本と私」はアメリカ風の個人主義になじんで帰朝した夫妻が、日本社会へと再適応できず葛藤する苦労話であり、その象徴として慶子夫人はじんましんに悩まされる。江藤は妻をかばいながら新居を探すものの、ついに「何年ぶりか」で彼女を殴ってしまう。映画鑑賞の後、江藤としては妻の疲弊ぶりを見てディナーを諦めたのに、慶子夫人が「疲れているのは本当は自分ではなくて私（＝江藤）のほうであり、そういう私を自分が支えているのだとでもいうように」振る舞ったからという、率直に言って褒められない理由だ。

しかしこの身勝手で暴君的な夫は、なにをそこまで会食に求めていたのか。その告白は、卓越した批評家の筆になるものだけに、いまもひどく突き刺さる。

いわばそれはおたがいが一生懸命に生きているということを、ちょっとわきから眺め直してみるような行事だ。そこからみると夫も妻もおたがいに孤独な人間だが、夫は妻が、妻は夫がそうであることを知っていて黙っているので、この孤独にはあまりとげとげしたところがない。……

「まあ、なかなかよくやっているね」

その言葉はもちろん相手の耳には聴えない。聴えないが、だいたいそんなことをいっていることがおたがいにわかっているので、ふたりのあいだの沈黙には本当は言葉が充満している。(『江藤淳コレクション2　エセー』ちくま学芸文庫、四五五頁)

夫妻がともに「孤独な人間」だとさらりと書いているが、これが単に性格の問題を指すのではないことは、連載の中途、自身と慶子夫人の生い立ちを赤裸々に描く箇所から知れる。江藤は母親の結核のために実家から隔離されて育ち、葬儀のために「治ったよ」と嘘を吐かれて呼び戻された際には、「なぜか私は母が死んだことを完全に理解していた」。三浦家は家長が満州勤務の官吏だったことから、敗戦時は平壌で劣悪な収容所に入れられ、脱走して九死に一生を得たものの「小学生だった家内は毎日お葬式ゴッコをして遊んでいた」(同書、三六六・四一七頁)。

時代を考えれば大卒どうしのカップルというだけで知的な夫婦だし、実際に慶子夫人は夫の著作をイラストでも支える才女だった(『妻と私と三匹の犬たち』河出文庫)。しかし穏和な幼少期を奪われて育った二人の目には、戦後日本の社会はどこまでも壊れて見える。その違和感を言葉にすることで生き延びようと健筆をふるう批評家が、心底ではいかに言葉や批評なしでも安堵できる沈黙を欲していたか。

――生前は未刊に終わった「日本と私」で、江藤はそれこそを吐露していた。

四　自死と共存

慶子は、無言で語っていた。あらゆることにかかわらず、自分が幸せだったということを。告知せずにいたことを含めて、私のすべてを赦すということを。……その無言の会話が、いったい何分、いや何十分つづいたのか、私は覚えていない。そこには不思議に涙はなく、限りなく深い充足感だけがあった。（七八頁）

『妻と私』にこう記される、臨死状態に入った妻に寄り添う経験の際、江藤がかねて切望した「沈黙」に身を浸していたことはあきらかだろう。そうした状況で人が味わう独特の時間の感覚は、同書では「日常的な時間」に対する「生と死の時間」と名指され（初出は六六頁）、繰り返し登場する。しかし介護に疲労し敗血症に陥りつつあった江藤は、いつしかそれは単に「死の時間」でしかないのではと慄《おのの》き、言葉を喪失する体験への誘惑と抵抗とのあいだを揺れ動くことになる。

「私のすべてを赦す」なる表現に込められた謝罪の対象は、まさか往年の殴打のみではないだろう。病名を告知しないという決断をはじめとして、人は他者を気遣いながら生きようとするとき、どうしても擬態しなければならない虚偽を抱え込む。四歳で母を喪った際、父親に吐かれた「治ったよ」との嘘がまさにそれだが、いまや江藤は夫であり家長である者として、生き続けるかぎりで嘘を吐く側に立たねばならない。

生きるとはその意味で、みずからの真情に対し不断に加えられ続ける「検閲」との格闘であり、だからその検閲は実は、敗戦とも占領とも関係がない。そうした検閲なしに生きることを許されるのは、そもそも内面を言語にする力を持たない乳幼児の段階のみだが、しかし江藤の場合、それは母の死によって断ち切られてしまう。

だから『妻と私』の脱稿後に書き起こされた『幼年時代』の冒頭で、江藤が亡くした妻と母を重ねるのは偶然ではない。人は言語なしに、批評なしに他者と生きてゆくことは、ほんとうにできないのか。検閲不在の境地が死ではなく、生につながる回路を、中途で断ち切られた自身の幼少期を復元することで探してみたい――。

それが妻と最期の時間をともに過ごした、江藤に浮かんだ一念だったと思う。

すでに諸賢の指摘のあるとおり、『幼年時代』の文章はどこかおかしい。誰の目にも江藤の自伝として映ることを前提にしながら、両親は江上堯・寛子（正しくは江頭隆・廣子）、本人は敦夫（正しくは淳夫）と、微妙に名前を変えている。「日本と私」の頓挫後に連載を始めた『一族再会』（単行本は一九七三年）と同一の主題で、そちらではすべて実名で著したのだから、いまさらプライバシーを気にするのも変だ。

おそらく江藤は、批評ではなく創作として、「死の時間」に抗いながら検閲なしの世界を描き出すことができると示したかったのではないか。かつて精神的な自伝を「永いあいだ、私は自分が生れたときの光景を見たことがあると言い張っていた」と書き始めた作家は、戦後日本の現実の中で、真情を偽らずにすむ生き方を求めて果たせず、自死に至った（三島由紀夫『仮面の告白』一九四九年）。

批評家として出立した江藤は、そうした無理をせず、むしろいかに自分には乳児期の記憶がないかを強調しつつ筆を進める。そして歴史家の手つきで、亡き母の残した手紙を筆写し、幼少期に自分から奪われた可能性の復元に努めようとする。

中絶未完となった第二回の終幕は、この生き続けようとする江藤の試みを損なった元凶をあまりにもあからさまにして、傷口を覗く心地がする。つい先日も本人の責任で妻に病気を告知せよと迫った、あの酷薄な自己決定の論理が、戦前に母を追い詰めた存在として再び姿を現す。

母はその点で、あまりにも素直であった。つまり、「不行届」は努力によって行き届かせることができると、確信し過ぎているようなところがあった。(一五七頁)

書くという営為によって、自然らしい正しさを失った敗戦後の時代を生き延びた批評家は最後、この場所から先を書き継げずに、命を絶った。

だがその敗北は、必然なのだろうか。

批評とは異なる形で、言葉にすら頼らずに、すべてが壊れて見える世界を他者とともに持ちこたえてゆく方法は、ほんとうにないのだろうか。

おそらくは生涯で初めて、書き続ける必要はなく「私たちは、ただ一緒にいた。一緒にいることが、何よりも大切なのであった」(六七頁)という境地を知った『妻と私』の体験に、他の形で活かされる可能性は、なかったのか――。

その問いが本書を読み終えるごと、いつまでも私の中に響いてやまない。

(評論家)

初出一覧

妻と私　「文藝春秋」平成十一年五月号
幼年時代　「文學界」平成十一年八月号、九月号

江藤淳氏を悼む　「朝日新聞」平成十一年七月二十二日夕刊
江藤淳記　「文學界」平成十一年九月号
さらば、友よ、江藤よ！　「文藝春秋」平成十一年九月号

江藤淳年譜　「文學界」平成十一年九月号を元に再構成

単行本
妻と私　平成十一年七月　文藝春秋刊
幼年時代　平成十一年十月　文藝春秋刊

文庫
妻と私・幼年時代　平成十三年七月　文春文庫

ＤＴＰ制作　エヴリ・シンク

江藤　淳（えとう　じゅん）
1932年、東京生まれ。文藝評論家。慶應義塾大学文学部英文科卒。在学中の56年に『夏目漱石』を上梓。58年に『奴隷の思想を排す』、59年に『作家は行動する』を発表し、評論家としての地位を確立する。『小林秀雄』『成熟と喪失』『近代以前』などの文藝批評のみならず、『海舟余波』『漱石とその時代』などの評伝、『海は甦える』などの史伝も執筆し、『一九四六年憲法——その拘束』『閉された言語空間』など、米国が作った戦後憲法や日本の言説空間を鋭く批判する仕事も続けた。99年没。

文春学藝ライブラリー
雑35

妻《つま》と私《わたし》・幼年時代《ようねんじだい》

2024年（令和6年）2月10日　第1刷発行

著　者　　江　藤　　淳
発行者　　大　沼　貴　之
発行所　株式会社　文　藝　春　秋

〒102-8008　東京都千代田区紀尾井町3-23
電話（03）3265-1211（代表）

定価はカバーに表示してあります。
落丁、乱丁本は小社製作部宛にお送りください。送料小社負担でお取替え致します。

印刷・製本　光邦

Printed in Japan
ISBN978-4-16-813108-0

（　）内は解説者。品切の節はご容赦下さい。

秦　郁彦
昭和史の軍人たち
山本五十六、辻政信、石原莞爾、東条英機に大西瀧治郎……陸海軍二十六人を通じて、昭和史を、そして日本人を考える古典的名著がついに復刊。巻末には「昭和将帥論」を附す。
歴-2-17

江藤　淳
完本　南洲残影
明治維新の大立者・西郷隆盛は、なぜ滅亡必至の西南戦争に立ったのか？　その思想と最期をめぐる著者畢生の意欲作。単行本刊行後に著した「南洲随想」も収録した完全版。（本郷和人）
歴-2-25

三木　亘
悪としての世界史
ヨーロッパは「田舎」であり、「中東と地中海沿岸」こそ世界史の中心だ。欧米中心主義の歴史観を一変させる、サイード『オリエンタリズム』よりラディカルな世界史論。（杉田英明）
歴-2-26

本郷和人
新・中世王権論
源頼朝、北条氏、足利義教、後醍醐天皇……彼らはいかにして日本の統治者となったのか？　気鋭の日本中世史家が、王権の在り方を検証しつつ、新たなこの国の歴史を提示する！
歴-2-27

飛鳥井雅道
明治大帝
激動の時代に近代的国家を確立し、東洋の小国を一等国へと導いた天皇睦仁。史上唯一「大帝」と称揚され、虚実ない交ぜに語られる専制君主の真の姿に迫る。（ジョン・ブリーン）
歴-2-28

繁田信一
殴り合う貴族たち
宮中で喧嘩、他家の従者を撲殺、法皇に矢を射る。拉致、監禁、襲撃もお手の物。〝優美で教養高い〟はずの藤原道長ら有名平安貴族の不埒な悪行を丹念に抽出した意欲作。（諸田玲子）
歴-2-29

林　健太郎
昭和史と私
過激派学生と渡り合った東大総長も、若き日はマルクス主義に心酔する学生だった。自らの半生と世界的視点を合わせて重層的に昭和史を描ききった、歴史学の泰斗の名著。（佐藤卓己）
歴-2-30

高木俊朗
陸軍特別攻撃隊（全三冊）
陸軍特別攻撃隊の真実の姿を、隊員・指導者らへの膨大な取材と、手紙・日記等を通じて描き尽くした記念碑的作品。特攻隊を知るために必読の決定版。菊池寛賞受賞作。（鴻上尚史）
歴-2-31

清水克行
耳鼻削ぎの日本史
なぜ「耳なし芳一」は耳を失ったのか。なぜ秀吉は朝鮮出兵で鼻削ぎを命じたのか。日本史上最も有名な猟奇的習俗の真実に迫る。「中世社会のシンボリズム――爪と指」を増補。（高野秀行）
歴-2-34

江藤　淳
新編 天皇とその時代
日本人にとって天皇とは何か。戦後民主主義のなか、国民統合の象徴たらんと努めてきた昭和天皇の姿を、畏敬と感動を込めて語る。新編では次代の皇室への直言を加えた。（平山周吉）
歴-2-35

松本清張
昭和史発掘 特別篇
『昭和史発掘』全九巻に未収録の二篇「政治の妖雲・穏田の行者」「『お鯉』事件」と、城山三郎、五味川純平、鶴見俊輔と昭和史の裏側を縦横無尽に語った対談を掲載。（有馬　学）
歴-2-36

ドナルド・キーン（角地幸男　訳）
日本人の戦争
作家の日記を読む
永井荷風、高見順、伊藤整、山田風太郎など、作家たちの戦時の日記に刻まれた声に耳をすまし、非常時における日本人の精神をあぶり出す傑作評論。巻末に平野啓一郎との対談を収録。
歴-2-37

福留真紀
名門譜代大名・酒井忠挙の奮闘
父の失脚で、約束された将来は暗転した。降格され、自身の奇病や親族の不祥事に悩み、期待した嫡男は早世。数多の苦難に抗い、家の存続に奮闘した御曹司の実像に迫る。（山内昌之）
歴-2-38

佐野恵作（梶田明宏　編）
昭和天皇の横顔
宮内省幹部として「終戦の詔書」を浄書し、その夜の「宮城事件」を経験した著者による、終戦前後の宮中の貴重な記録と、昭和天皇ご一家の素顔。初の文庫化。（梶田明宏）
歴-2-39

（　）内は解説者。品切の節はご容赦下さい。

江藤　淳
近代以前
日本文学の特性とは何か？　藤原惺窩、林羅山、近松門左衛門、井原西鶴、上田秋成などの江戸文藝に沈潜し、外来の文藝・思想の波に洗われてきた日本の伝統の核心に迫る。　（内田　樹）

思-1-1

福田恆存（浜崎洋介　編）
保守とは何か
「保守派はその態度によって人を納得させるべきであって、イデオロギーによって承服させるべきではない」――オリジナル編集による最良の「福田恆存入門」。　（浜崎洋介）

思-1-2

山本七平
聖書の常識
聖書学の最新の成果を踏まえつつ、聖書に関する日本人の誤解を正し、日本人には縁遠い旧約聖書も含めて、「聖書の世界」全体の見取り図を明快に示す入門書。　（佐藤　優）

思-1-3

保田與重郎
わが萬葉集
萬葉集が息づく奈良県桜井で育った著者が歌に吹きこまれた魂の追体験へと誘い、萬葉集に詠みこまれた時代精神と土地の記憶を味わいながら、それが遺された幸せを記す。　（片山杜秀）

思-1-4

柳田国男（柄谷行人　編）
「小さきもの」の思想
『遊動論　柳田国男と山人』（文春新書）で画期的な柳田論を展開した思想家が、そのエッセンスを一冊に凝縮。柳田が生涯探求した問題は何か？　各章に解題をそえた文庫オリジナル版。

思-1-5

岡崎乾二郎
ルネサンス　経験の条件
サンタ・マリア大聖堂のクーポラを設計したブルネレスキ、ブランカッチ礼拝堂の壁画を描いたマサッチオの天才の分析を通して、芸術の可能性と使命を探求した記念碑的著作。　（斎藤　環）

思-1-6

田中美知太郎
ロゴスとイデア
ギリシャ哲学の徹底的読解によって日本における西洋哲学研究の基礎を築いた著者が、「現実」「未来」「過去」「時間」といった根本概念の発生と変遷を辿った名著。　（岡崎満義）

思-1-8

西部 邁
大衆への反逆
気鋭の経済学者として頭角を現した著者は本書によって論壇に鮮烈なデビューを果たす。田中角栄からハイエクまでを縦横無尽に論じる社会批評家としての著者の真髄がここにある。

思-1-10

福田恆存（浜崎洋介 編）
国家とは何か
「政治」と「文学」の峻別を説いた福田恆存は政治をどう論じたのか？　福田の国家論が明快にわかるオリジナル編集。「個人なき国家論」批判は今こそ読むに値する。（浜崎洋介）
思-1-12

江藤 淳
一九四六年憲法——その拘束
アメリカの影から逃れられない戦後日本。その哀しみと怒りをもとに、戦後憲法成立過程や日本の言説空間を覆う欺瞞を鋭く批判した20年にわたる論考の軌跡。（白井 聡）
思-1-13

福田恆存（浜崎洋介 編）
人間とは何か
『保守とは何か』『国家とは何か』に続く「福田恆存入門・三部作」の完結編。単なるテクスト論ではなく、人間の手応えをもった文学者の原点を示すアンソロジー。（浜崎洋介）
思-1-15

本居宣長・津田左右吉 他（上野 誠 編）
日本の古代を読む
この国の成立の根幹をなす古代史の真髄とは？　本居宣長、津田左右吉、石母田正、和辻哲郎、亀井勝一郎など碩学の論考を、気鋭の万葉学者が編纂したオリジナル古代史論集。（上野 誠）
思-1-16

山内昌之
民族と国家
21世紀最大の火種となる「民族問題」。イスラム研究の第一人者が20世紀までの紛争を総ざらえ。これで民族問題の根本がわかる。新時代を生きる現代人のための必読書！（佐藤 優）
思-1-17

田中美知太郎
人間であること
「人間であること」『歴史主義について』『日本人と国家』など八篇の講演に「徳の倫理と法の倫理」など二篇の論文を加え、日本を代表するギリシア哲学者の謦咳に接する。（若松英輔）
思-1-18

（　）内は解説者。品切の節はご容赦下さい。

リチャード・ニクソン（徳岡孝夫　訳）
指導者とは
栄光と挫折を体現した米大統領だから洞察しえたリーダーの本質。チャーチル、マッカーサー、ドゴール、周恩来、フルシチョフに吉田茂……。20世紀の巨星の実像に迫る。（徳岡孝夫）
雑-3-3

岸　信介・矢次一夫・伊藤　隆
岸信介の回想
満州、戦争、巣鴨プリズン、六〇年安保——動乱の昭和史において常にその渦中にあった名宰相が、刎頸の友と近代史家を前に語った「わが人生」。巻末資料として巣鴨日記も収録。
雑-3-9

山本七平・岸田　秀
日本人と「日本病」について
責任をとらない日本人の体質。その根っこには何があるのか。歴史学者と精神分析学者。二人の権威が、今も変わらぬ「日本病」について語った白熱対談。（福嶋亮大）
雑-3-12

E・G・ヴァイニング（小泉一郎　訳）
皇太子の窓
戦後まもなく、当時の皇太子の英語家庭教師となったヴァイニング夫人が、ともに過ごした日々を瑞々しく綴った回想録。敗戦後の日本の風景も浮かび上がる。（保阪正康）
雑-3-14

新渡戸稲造
世渡りの道
『武士道』の著者にして国際的教育者だった新渡戸稲造が書いたベストセラー。人生の意味とは何か、何のために働くのか。万人が抱く問いに時を越えて熱く答える。（寺島実郎）
雑-3-15

夢野久作
近世快人伝
頭山満から父杉山茂丸まで
頭山満、杉山茂丸、奈良原到といった玄洋社の猛者たちの破天荒な人生を描いた痛快な人物評伝。奇人、怪人、豪傑たちがユーモア溢れる筆致でいきいきと動き出す。（寺田英視）
雑-3-16

（　）内は解説者。品切の節はご容赦下さい。

大岡昇平
対談 戦争と文学と
司馬遼太郎、阿川弘之、大西巨人、野間宏――。戦争を問い続け、書き続けた戦争文学の巨人・大岡昇平が、あの戦地を経験した九人の文学者と交わした白熱の議論。（高橋弘希）
雑-3-18

吉田　満
戦中派の死生観
死んだ仲間は何のために戦ったのか？　戦後日本は戦争と敗戦から何かを学びえたのか？　死を覚悟して生き残った戦中派が「日本人として生きる」ことの意味を問う。（若松英輔）
雑-3-19

阿部眞之助
近代政治家評伝
山縣有朋から東條英機まで
明治から昭和まで第一線で活躍した名物新聞記者が、原敬、伊藤博文、大隈重信、犬養毅、大久保利通、桂太郎など、戦前の大物政治家十二人の生身の姿を容赦なく描く。（牧原　出）
雑-3-20

徳岡孝夫
五衰の人
三島由紀夫私記
一九七〇年十一月のあの日、市ヶ谷の自衛隊駐屯地で「檄」を託された著者だから見透すことのできた三島由紀夫の本質とは？　新潮学芸賞を受賞した、傑出した三島論。（寺田英視）
雑-3-21

山本七平
小林秀雄の流儀
小林秀雄があれほどの影響力をもったのはなぜか？　過去を語ることで未来を創出したからだ。「書きたいことだけ書いて生活した、超一流の生活者」の秘密に迫る。（小川榮太郎）
雑-3-22

斎藤隆介
職人衆昔ばなし
大工、左官、庭師、指物師、蒔絵師など、明治に生を享け、戦後まで活躍した名工27人。その貴重な証言は、未来のモノ造りへの示唆に富む。その豊穣たる「語り」をご堪能あれ！
雑-3-23

（　）内は解説者。品切の節はご容赦下さい。

新保祐司
内村鑑三
近代日本の矛盾と葛藤を体現する男、内村鑑三。多くの知識人に多大な影響を与えた破格の人物の核心に迫り、近代日本を貫く精神を明らかにする。　（附録・郡司勝義）
雑-3-28

和田利男
漱石の漢詩
「少年期は英語より漢学が好きだった」と語る漱石。未だ色あせないその漢詩の世界の魅力を、杜甫や王維と比較しながら縦横に論ずる。没後百年を期して待望の復刊！　（齋藤希史）
雑-3-29

渡辺京二
私のロシア文学
『逝きし世の面影』の著者の原点は、実は西洋文学、特にロシア文学。チェーホフ、プーシキン、ブルガーコフなど十九世紀作品を中心に縦横に語り尽くす、オリジナル文学講義！
雑-3-30

渡辺利夫
神経症の時代
わが内なる森田正馬
作家倉田百三ら、近代日本の多くの神経症患者を救った森田正馬。その功績を問いつつ、現代にまで続く「病める社会」に警鐘を鳴らす。開高健賞正賞受賞の話題作！　（最相葉月）
雑-3-31

中村逸郎
シベリア最深紀行
知られざる大地への七つの旅
「住所はツンドラ」と記すトナカイ遊牧民から弾圧に抵抗したイスラム教徒まで、シベリア奥地に根を張り、今をしたたかに生きる人々を訪ね歩いた、ロシア政治学者による稀有な記録。
雑-3-32

福田　逸
父・福田恆存
「鉢木會」の大岡昇平、吉田健一、三島由紀夫らとの交友。家族への情愛、劇団経営での父子の確執、晩年の日々――。次男である著者が追想する福田恆存の知られざる素顔。　（浜崎洋介）
雑-3-33

小島　毅
義経の東アジア

対外貿易で勢力を伸ばした「開国派」平氏、農本主義に徹し強い軍事組織を築いた「鎖国派」源頼朝。中国王朝の興亡から源平内乱を捉え直す。保立道久氏、加藤陽子氏との座談会を収録。

歴-2-40

浅見雅男
公爵家の娘
岩倉靖子とある時代

昭和八年、一斉検挙・起訴された「赤化華族」のなかに岩倉具視の曾孫・岩倉靖子がいた——。なぜ華族令嬢は共産主義に走ったのか。出自と時代に翻弄された、少女の哀しい運命を追う。

歴-2-41

永井路子
つわものの賦

日本史上最大の変革・鎌倉幕府成立。中核にいたのは台頭する東国武士団。源頼朝、義経、木曾義仲、梶原景時、三浦義村、北条義時……。鎌倉時代の歴史小説の第一人者による傑作評伝。

歴-2-42

源田　實
真珠湾作戦回顧録

開戦と同時に米太平洋艦隊の根拠地を叩く作戦は、当初誰もが不可能と考えた。ひとり連合艦隊司令長官・山本五十六を除いて……元参謀による驚愕の回想録。増補2篇収録。　（秦　郁彦）

歴-2-43

河内祥輔
新版　頼朝の時代
1180年代内乱史

平家、義仲や義経は京を制圧しながらも敗れ、なぜ頼朝は東国で幕府を樹立できたのか。中世の朝廷と幕府の関係を決めた、頼朝と後白河上皇に迫る。鎌倉幕府成立論の名著。　（三田武繁）

歴-2-44

山本七平
私の中の日本軍（上下）

「百人斬り競争」「日本刀神話」といった〝虚報〟が世に流布するのはなぜか。員数主義、事大主義、兵器や補給等、自身の従軍体験から日本軍の実態を分析し、戦争伝説を粉砕した傑作。　（安岡章太郎）

歴-2-45

與那覇　潤
帝国の残影
兵士・小津安二郎の昭和史

「家族映画の巨匠」は兵士として大陸を転戦していた。戦後の「失敗作」から小津の戦争体験を繊細に読みとって映画評論と歴史学の見事な融合を達成した著者初期の代表作。　（古市憲寿）

歴-2-47

（　）内は解説者。品切の節はご容赦下さい。

西部　邁
六〇年安保 センチメンタル・ジャーニー
保守派の論客として鳴らした西部邁の原点は、安保闘争のリーダーだった学生時代にあった。あの「空虚な祭典」は何だったのか、共に生きた人々の思い出とともに振りかえる。（保阪正康）
思-1-19

服部龍二
増補版 大平正芳 理念と外交
大平は日中国交正常化を実現したが、首相就任後、環太平洋連帯構想を模索しつつも党内抗争の果て志半ばで逝った。悲運の宰相の素顔と哲学に迫り、保守政治家の真髄を問う。（渡邊満子）
思-1-20

福田恆存
福田　逸・国民文化研究会 編
人間の生き方、ものの考え方
人間は孤独だ。言葉は主観的で、人間同士が真に分かり合うことはない。だから考え続けよ。絶望から出発するのだ——。戦後最強の思想家が、混沌とした先行きを照らし出す。（片山杜秀）
思-1-21

坪内祐三
一九七二
「はじまりのおわり」と「おわりのはじまり」
札幌五輪、あさま山荘事件、ニクソン訪中等、数々の出来事で彩られたこの年は戦後史の分水嶺となる一年だった。断絶した戦後の歴史意識の橋渡しを試みた、画期的時代評論書。（泉　麻人）
思-1-23

ドナルド・キーン
日本文学のなかへ
「なぜ近松の『道行』は悲劇的なのか」「真に『日本的』なものとは」——。古典作品への愛や三島や谷崎など綺羅星のごとき文学者との交流を語り下ろした自伝的エッセイ。（徳岡孝夫）
思-1-24

佐藤　優
私のマルクス
『資本論』で解明された論理は、超克不能である」と確信するまでの自らの思想的軌跡を辿る。友人や恩師との濃密な日々、マルクスとの出会いを綴った著者初の自叙伝。（中村うさぎ）
思-1-26

坪内祐三
靖国
招魂斎庭が駐車場に変貌していたことに衝撃を受けた著者は、靖国の歴史を徹底的に辿り始めた。政治思想の文脈ではない、靖国の生き生きとした歴史を蘇らせた著者代表作。（平山周吉）
思-1-27